CAP KALAFATIS

PATRICK BESSON

CAP KALAFATIS

roman

BERNARD GRASSET

PARIS

ISBN : 978-2-246-86094-5

À Florence Godfernaux

« Ce que je voudrais faire avec la femme que j'aime ? – Traîner au soleil. »

Peter Handke.

L'homme qui marche sur la plage de Kalafatis, île de Mykonos, est-il le même qui, vingt-cinq ans plus tôt, était allongé sur le sable avec Barbara ? Oui. Et non. Personne n'a jamais appelé un livre *Oui et non*. C'est pourtant la bonne réponse à beaucoup de questions.

Il regarde la baie grecque et s'y retrouve. Le premier jour, la jeune femme ne l'a pas vu arriver sur son vélomoteur de location. Elle a le nez dans sa serviette de bain, écoutant le soleil grésiller sur ses épaules. Seulement vêtue de ce slip de bain échancré dit « brésilien ». Parce qu'il invitait au sexe ou parce qu'il avait été conçu au Brésil sexuel ? Barbara se met sur le dos et ouvre les yeux. Nicolas a le même âge qu'elle : vingt-trois ans. Il sourit, pas elle. Il continue de marcher.

Puis s'arrête, revient sur ses pas. Il demande s'il peut s'asseoir.

— Oui, dit Barbara. À l'autre bout de la plage.

L'étudiant – quatrième année de Sciences politiques, section Affaires publiques – dit que la plage est longue.

— Justement, dit la jeune fille aux seins nus.

Aujourd'hui, pense l'homme de quarante-huit ans, les femmes cachent leurs seins sur les plages, peut-être parce qu'ils ont pris de la valeur, leur ayant coûté cher en chirurgie.

— Je ne vous plais pas ? demande Nicolas, qui a l'habitude de plaire car il est beau, pas aussi beau que Barbara mais presque.

— Je suis en vacances.

— Nulle intention de vous faire travailler.

Du doigt, il montre un endroit non encore habité, carré de sable propice à l'accueil d'un jeune voyageur solitaire, à cinq ou six mètres de Barbara.

— Là, ça ira ?

— Trop près.

Nicolas est sensible à l'ironie juvénile et solaire de ce court jugement. Il fait quelques pas. La plage est presque vide, on est début avril. Moins de bai-

gneurs que de véliplanchistes, venus exprès en mer
Égée pour le vent, le notos qui fait tourner les ailes
des moulins dans le cercle cycladique.

— Non. Marchez, je vous dirai stop.

Le jeune homme marche, lentement, sans que
Barbara lui dise stop. Au bout d'un moment, elle
se recouche sur le dos. Il s'assoit. Barbara, n'enten-
dant plus ses pas, se redresse.

— Je n'ai pas dit stop.

— Je suis trop près ?

— Non, si vous vous taisez.

— Parisienne ?

— Qu'est-ce que je viens de dire ?

— Pardon.

Silence dans lequel leurs deux âmes compliquées
s'engouffrent. Nicolas regarde le ciel de leur jeu-
nesse. Barbara boit le soleil dans le grand verre de
sa bouche.

— Parisienne d'adoption, finit-elle par répondre.

— Les gens qui aiment Paris, ce sont les gens qui
en ont rêvé, et donc qui n'y sont pas nés.

— Je n'aime pas Paris. Et le prouve.

Elle se recouche, offrant ses seins nus au regard
de Nicolas qui choisit de regarder ailleurs, pour

essayer d'attirer l'attention de la jeune femme. Il n'a pas oublié, vingt-cinq ans après, ce regard détourné. Les vieux se souviennent de ce qu'ils n'ont pas vu, mais les morts revoient-ils ce qu'ils ont vécu ?

— Quand on pense au temps que ça a pris pour que les filles enlèvent le haut de leur maillot de bain sur les plages, dit Nicolas. J'espère que, pour le bas, ce sera moins long.

— Vous n'avez pas de chance : hier, j'avais enlevé ma culotte.

— Il y a une plage de nudistes à Mykonos.

— Allez-y.

— Il n'y a que des hommes.

— Vous êtes un homme.

— Je me comprends.

— Si c'est une femme que vous cherchez, il ne fallait pas venir à Mykonos.

— Il y a des femmes à Mykonos. La preuve : vous.

— Je suis la seule.

— Ça tombe bien : je suis monogame.

— Hélas, vous n'êtes pas le premier sur la liste.

— Il y en a combien avant moi ?

— Un.

— C'est jouable.

— Non.

— Je jouerai quand même.

Quand elle remettra le haut de son maillot de bain, il comprendra qu'il lui plaît, ou du moins qu'elle le prend en considération, tandis que sa poitrine nue était le signe qu'elle le tenait pour une entité négligeable, à peine un être humain, en tout cas pas un homme. Elle lui demande s'il est un hippie, il n'en a pourtant pas l'air. En 1991, il y a encore des hippies, mais ce sont les derniers. Le plus beau slogan du monde – *Peace and Love* – a disparu, remplacé partout par celui de *La Guerre des étoiles* : *May the Force be with you*. La force à la place de la paix et de l'amour : annonce de tant de guerres (Yougoslavie, Rwanda, Afghanistan, Irak, Syrie, Somalie, etc.).

— Fils de hippie, rectifie Nicolas. Né à Bhatgaon, Népal.

De la poche revolver de son short, il sort son passeport bleu, car celui-ci est français, pas encore européen. Il l'ouvre à la page de la photo. C'était la deuxième ou la troisième ? Il ne se souvient plus, tandis qu'il marche au bord de l'eau dans son passé. Mais il se rappelle avoir dit à Barbara :

— C'est marqué sur mon passeport.

— Qui a dit que je ne vous croyais pas ?

— Beaucoup de gens ne me croient pas.

— Je ne suis pas beaucoup de gens.

— Quand je suis né, j'étais squelettique. Un petit Népalais. Paraît que mes parents se droguaient trop. Ma grand-mère est venue me chercher à Bhatgaon.

Il sourit, le visage recouvert de la buée du temps.

— Mamie au Népal... Elle m'a ramené en France. Où j'ai reçu une excellente éducation. Ainsi que le prouve la façon correcte dont je suis en train de vous draguer. Et inefficace.

— Que sont devenus vos parents ?

— Morts l'année d'après.

— Overdose ?

— Accident de train dans le nord de l'Inde. En Inde, il y a tellement de monde, les conducteurs de train ne font pas attention. Qu'est-ce que c'est pour eux cinq cents morts ? Mille morts ? En une minute – que dis-je une minute, une seconde –, il y a le double d'enfants qui naissent. Si un jour vous allez en Inde, ne prenez pas le train.

— Je déteste les pays pauvres.

Barbara a dit cette phrase avec un air absent, presque doux. Nicolas se souvient d'avoir pensé alors qu'il ne pourrait jamais aimer une personne capable d'une parole pareille, mais il l'a aimée quand même, peut-être n'a-t-il aimé qu'elle.

— C'est pourtant dans les pays pauvres que les gens sont le plus aimables, dit-il.

— Le pays où les gens sont le plus aimables, c'est Monaco.

— Pourquoi êtes-vous venue en Grèce ?

— Pour bronzer.

— On ne bronze pas à Monaco ?

— On n'a pas le temps : trop de gens aimables à voir.

— On se baigne ?

— Oui.

Il se déshabille pendant qu'elle se lève, déployant comme un drapeau sa silhouette flagrante. Ce jour-là, elle est une des plus belles femmes du monde grec. Nicolas se dilue dans son propre regard sur elle et il a du mal à la suivre jusqu'à la mer, comme si ses pieds étaient devenus du caoutchouc, on dirait des pneus. Elle trempe un orteil dans l'eau, le retire aussitôt.

— Hou là.

— Elle est froide ?

— Glacée. Je n'y vais pas. Bronchite chronique depuis l'âge de deux ans et demi. Aucun système de défense ORL. D'un autre côté, cette mer est si bleue.

— C'est la mer Égée.

— Tant pis, j'y vais.

— Je vous frotterai avec votre serviette quand on reviendra.

— Ah oui ?

Le sourire de Barbara, plein et lumineux, d'une perfidie enfantine. Qui s'efface quand une voix grave, grasse, menaçante, s'élève dans le dos de Nicolas, la voix d'un homme qui a souffert et fait souffrir :

— Que fais-tu, Barbara ?

Nicolas se retourne : en face de lui, un type lourd, carré et rond à la fois, un carré mou ou un rond cassé, d'une cinquantaine d'années, en tenue de véliplanchiste, portant sa planche et sa voile qu'il dépose – avec un han de fatigue – près des affaires de Barbara.

— Que fais-tu ? répète le véliplanchiste aux tempes grises à la jeune femme.

— Je me baigne.

— Tu as vu la température de l'eau ? Je n'ai pas envie de t'entendre tousser toute la nuit.

— Je ne tousserai pas.

— Va à l'hôtel : l'eau de la piscine a trois degrés de plus.

Pour la première fois, l'homme regarde Nicolas et lui demande, sur un ton d'intimité qui contredit la froideur de ses petits yeux noirs :

— Vous n'êtes pas de mon avis ?

S'étant rhabillé, Nicolas hoche – prudent, presque obséquieux – la tête.

— Une piscine, dit-il, c'est plus pratique pour nager.

— C'est quoi votre prénom ?

— Nicolas.

— Moi, c'est José.

Ledit José, vers Barbara :

— Ton ami Nicolas est d'accord avec moi.

— Ce n'est pas mon ami, dit Barbara. On vient de se rencontrer.

— C'est ainsi que commencent la plupart des amitiés, dit le véliplanchiste.

— De plus, c'est lui qui a proposé qu'on se baigne.

— C'était une erreur, admet Nicolas sous le regard, on pourrait presque dire le poids, de José.

— Tu vois ? Il est de mon avis.

— Forcément, dit Barbara. Il a peur que tu le frappes.

— Pourquoi le frapperais-je ?

— Parce qu'il était en train de me draguer.

— Et alors ?

José prend Nicolas par l'épaule. L'étudiant semble saisi, telle une petite langouste jetée dans une casserole d'eau bouillante, par cette familiarité soudaine. José, avec une épaisse évidence :

— Elle se met nue sur une plage et s'étonne qu'un homme jeune et en bonne santé vienne la draguer. Vous êtes en bonne santé, Nicolas ?

— Oui.

— Je n'étais pas nue, plaide la coupable. J'avais ma culotte.

— Elle avait sa culotte, ironise le véliplanchiste.

— Je confirme, dit Nicolas.

— C'est bien. Je suis content. Rare que ma femme garde sa culotte à la plage. Je dis ma femme, mais nous ne sommes pas mariés. Pas encore.

— Je ne t'épouserai jamais, lance Barbara, à la satisfaction de Nicolas.

— Elle ne m'épousera jamais. Sais-tu qu'il est cruel, mon amour, de faire de fausses joies à un vieil homme comme moi ? De me promettre des choses que tu ne pourras pas tenir ?

Nicolas se dit qu'il est tombé sur un de ces couples mal assortis et déviants dont le plaisir principal consiste à se déchirer devant les autres et à se raccommoder une fois qu'ils les ont humiliés, volés, battus ou même tués.

— Je vous laisse, dit-il.

— Vous êtes à l'hôtel ? demande José.

— Je suis… à vélomoteur.

— Vous avez loué ce vélomoteur ?

Le petit avion à roues grâce auquel il a survolé Mykonos attend, paisible, son pilote – son cavalier – sous un pin parasol.

— Oui, dit Nicolas. Pour faire le tour de l'île. Après je changerai d'île et louerai un autre vélomoteur. Une île, un vélomoteur : mon programme.

— Vous ne vous sentez pas trop con, là-dessus ?

— Pour l'instant, ça va.

— Vous auriez dû louer une moto.

— Pas de permis moto.

— Inutile pour une 125. J'ai chaud, moi.

José enlève sa tenue de véliplanchiste. Bien qu'il ne bouge pas, Nicolas dit :

— Au revoir.

José est nu comme un homosexuel sur une plage de Mykonos : Paradise, New Paradise ou Super Paradise.

— Puisque ma femme montre sa chatte, pourquoi ne montrerais-je pas mes couilles ? C'est laid des couilles, hein ? Vous le savez, Nicolas, puisque vous en avez aussi.

— À un de ces jours, dit l'étudiant, qui ne peut détacher son regard des testicules de José, recouvertes d'un massif de poils gris.

— Déjeunez avec nous.

C'est plus un ordre qu'une invitation, ce qui donne envie au jeune homme de ne pas en tenir compte. Il n'aime pas obéir. C'est pourquoi il voyage. Et voyage seul.

— Je ne déjeune jamais.

— C'est une phrase de vieux au régime et vous n'avez même pas terminé votre croissance.

— Si : 1,84 mètre.

Dans le sac de plage que l'étudiant croyait être celui de Barbara alors qu'il se révèle être celui du couple, José prend un caleçon à fleurs qu'il enfile – et une chemisette à fleurs elle aussi, mais plus grosses.

— C'est un tort de ne pas déjeuner, dit-il. Ma femme préfère les gros.

— Je ne suis pas ta femme, répète Barbara.

— Pardon : ma poule.

— Je ne pense pas que vous devriez lui parler ainsi, dit Nicolas.

Erreur, pense-t-il aussitôt. J'entre dans leur jeu. Dieu sait quand et comment j'en sortirai.

— Il a raison, dit Barbara. Tu ne devrais pas me parler ainsi, José. Ce n'est pas à moi que ça fait du mal, mais à toi.

Sourire de José, qu'il adresse à ses deux interlocuteurs avec jovialité, puis son regard luisant, roué, mystérieux se pose sur Barbara. On dirait que ses joues pleines tremblent tout le temps, sans qu'on sache si c'est de colère, d'amusement ou de désespoir, ou des trois à la fois.

— Ça y est : tu as enfin trouvé le chevalier servant que tu cherches depuis longtemps.

Vers Nicolas, comme si de rien n'était, comme si les mots prononcés n'avaient ni sens ni portée :

— Pas d'histoire, mon garçon, vous déjeunez avec nous. Que faites-vous dans la vie ?

— Des études.

— Des études de quoi ?

— Sciences politiques.

— Barbara aussi a fait des études. De quoi déjà ?

— J'ai oublié, dit-elle.

— Elle n'a pas mis les pieds dans un amphi depuis quatre ans.

— On s'est rencontrés il y a quatre ans, dit Barbara.

— J'inspectais une de mes boutiques. Elle essayait une jupe. J'ai voulu lui en faire cadeau.

Barbara a allumé une cigarette. Les gens ne fument plus dans les romans alors qu'ils fument de plus en plus dans les films. Sponsorisés en secret par l'industrie du tabac ? Barbara tire une bouffée, regarde l'horizon à travers son petit nuage de fumée perso.

— J'ai refusé, dit-elle.

José lui donne une tape légère sur la cuisse.

— Pas le genre à se contenter d'une jupe.

Elle lui caresse la joue, sa joue rugueuse et tendre de vieux dragueur amoureux pour la dernière fois de sa vie, et dit à José, sous les yeux effarés, incrédules de Nicolas :

— J'ai tout de suite eu envie de toi. Quand j'essayais la jupe, je sentais ta présence. C'est comme si tu te trouvais dans la cabine avec moi. À notre premier rendez-vous, en montant dans ta voiture rouge…

José précise à l'intention de Nicolas, avec un clin d'œil de trop – tant de choses sont de trop chez lui, pense l'étudiant :

— Ma Ferrari rouge.

— … et que tu m'as demandé quel genre de cuisine j'avais envie de manger, j'ai pensé : pourquoi ne m'emmène-t-il pas tout de suite chez lui ? Pourquoi est-ce qu'on va perdre du temps au restaurant ? En plus, après on est allés en boîte.

— Pourtant, je déteste danser.

— Tu n'as pas dansé. Tu m'as regardée danser et tu as regardé les hommes me regarder danser.

— Quand on dégotte une fille comme elle, on la montre.

Comme hypnotisée par son propre récit, Barbara poursuit, les yeux toujours fixés sur l'horizon, craignant peut-être – se dit Nicolas – que lui-même n'y décèle un trouble, une faille, une anomalie :

— Au moment où il m'a proposé de me ramener chez moi, j'ai compris qu'il était marié. Pourtant, il ne portait pas d'alliance.

— Je l'avais perdue en jouant aux boules sur la plage des Lices à Saint-Tropez, explique José mi-penaud, mi-roublard.

— Dans mon studio, tu m'as caressée longtemps avant de me prendre. J'en avais assez d'attendre.

— Je suis un homme à principes, dit José. Je ne pénètre jamais une fille pour la première fois sans une bonne préparation, surtout si elle a moins de vingt ans. J'ai toujours donné la pièce aux mendiants et un pourboire aux serveurs de restaurant et aux chauffeurs de taxi, même après 68, quand mes finances étaient à zéro. Les manifs et les grèves, ça n'a pas été bon pour la fripe. Mais attention, je me ferais pendre plutôt que de prêter un centime à qui que ce soit, membres de ma famille inclus. Cependant, si quelqu'un de mon entourage a besoin de travail et m'en demande, je lui en donne ou m'arrange pour lui en trouver. Je suis allé à l'enterrement de mon père, bien qu'il m'ait battu jusqu'à ce que j'ai l'âge de taper plus fort que lui.

— Quel âge ? demande Nicolas.

— Un an après ma bar-mitsva. D'habitude, les Juifs ne battent pas leurs enfants, parce qu'ils sont juifs comme eux. Mais mon vieux savait que j'étais à moitié goy, puisqu'il en avait épousé une : ma mère. Elle, je lui ai acheté un appart à Marina-Baie des Anges. Trois pièces, une terrasse. Elle est bien. Pourtant, c'est mon demi-frère, Roland, cent pour cent goy, qu'elle préfère, alors qu'il lui pique tout l'argent de sa pension. J'ai beaucoup trompé ma femme, mais j'ai fait tout mon possible pour qu'elle ne l'apprenne pas.

— À cause d'elle, dit Barbara, j'ai passé une nuit entière dans une armoire du Loews, à Monaco.

— Les armoires du Loews de Monaco sont plus confortables que certaines chambres du Méridien de Londres, grasseye José.

— Tout de même, soupire la jeune femme.

— Le lendemain matin, pour me faire pardonner, je lui ai offert des boucles d'oreilles. Boucheron. 47 500 balles. Presque cinq bâtons anciens.

— Tous les bons souvenirs qu'on a, dit Barbara en enfouissant la tête dans le creux de l'épaule de José.

— Mon chat faisait pareil. Elle est comme mon chat. Moi, j'aime les chats. À l'hôtel, en dehors de moi, personne ne leur donne à manger. Ces porcs d'Allemands, ils avalent leur barbaque d'une traite, sans lever les yeux de leur assiette. Ils ne fileraient pas un bout de viande aux mimis. Elle est pourtant à volonté ici, la barbaque. Qu'est-ce ça leur coûterait de prendre une tranche supplémentaire, de la découper en petits morceaux, de la mettre dans une soucoupe et de poser la soucoupe par terre à côté de leur chaise comme moi je fais ? Les chats se régaleraient avec eux comme ils se régalent avec moi. Ils se régaleraient deux fois plus. Ce ne serait pas de trop. Tu as vu, Barbara, comme ils sont maigres et comme les Allemands sont gros ? Si on me donnait à choisir entre sauver les chats et sauver les Allemands, je n'hésiterais pas : je sauverais les chats. Et puis, les chats n'ont jamais construit de camp de concentration.

— Arrête, dit la jeune femme.

— Ce n'est pas vrai ? Nicolas, vous avez déjà vu des chats construire des camps de concentration ?

— Oui : dans les dessins animés de Disney. Des camps de concentration pour souris.

— Ton couplet sur les camps de concentration, soupire Barbara.

— Mon *couplet* ? s'insurge José. Ce n'est pas un *couplet*. Le nazisme n'a pas été une chanson.

— Je pars, dit Nicolas qui ne part pas.

— Parce que j'ai parlé de camps de concentration ? grince José.

— Non : j'ai un rendez-vous à Mykonos.

— Avec qui ? demande Barbara d'une voix douce.

— Des souvlakis et une carafe de résiné.

L'étudiant se dirige vers son vélomoteur qu'il tente de mettre en marche sans succès.

— Il nous fait le coup de la panne, dit José en souriant à Barbara.

— Je ne comprends pas, dit Nicolas.

— Moi, dit Barbara, je comprends : c'est le destin.

José tend sa combinaison de véliplanchiste à l'étudiant coincé au cap Kalafatis. Le vieux a-t-il mis du sucre dans le réservoir du vélomoteur quand le jeune avait le dos tourné? Mais Nicolas ne se souvient pas d'avoir tourné le dos à José. Ou alors, c'était avant que celui-ci ne le rejoigne, quand lui-même n'avait d'yeux que pour la jeune femme.

— Tant qu'à faire, dit José.

— Tant qu'à faire quoi?

— De la planche à voile.

— Non, merci.

— C'est l'occasion.

L'occasion de me faire piquer mon fric et mes papiers, pense le garçon. José et Barbara – bien que flous, douteux, troubles – n'ont pourtant pas l'air de détrousseurs : trop lents, trop clairs, trop bavards. Mais alors, que sont-ils ?

— À Mykonos, dit José, à part la planche à voile et la sodomie, il n'y a rien à faire, et il est trop tôt pour la sodomie.

— Ça ne m'intéresse pas. La planche à voile non plus.

— Allez, pas d'histoire. Aujourd'hui, première leçon de planche à voile. Vous verrez, c'est comme le vélomoteur, moins le bruit du moteur.

— Le vélo, alors.

— Oui, mais on pédale avec les bras, poussé par le vent.

Après une courte réflexion, l'étudiant choisit de céder. Le voyage, c'est céder. Toute résistance est inutile. Si on décide de résister, autant rester chez soi. Résister chez soi. Il se déshabille pour la deuxième fois de la matinée, ne gardant que le maillot de bain qui lui tient lieu de slip depuis son arrivée en Grèce, et enfile la combinaison de José. Trop grande pour lui.

— L'important, dit le quinquagénaire de 89 kilos (pour 1,78 mètre), c'est qu'elle vous protège du froid quand vous tomberez à l'eau.

— José a raison, dit Barbara. Au début, la planche, c'est tomber dans l'eau, remonter sur la planche, retomber de nouveau, remonter, retomber sans cesse. Quand on n'est pas bien couvert, on déguste.

— Si on remettait ça à demain? propose Nicolas, refroidi par la perspective de toutes ces chutes dans la mer Égée.

— Vous êtes étudiant, oui ou non? demande José.

— Oui, mais je ne vois pas le rapport.

— Un étudiant, ça fait de la planche à voile. En 68, c'était la révolution. En 91, la planche à voile.

— Vous n'êtes pas étudiant, vous.

— Non, boutiquier. Les boutiquiers aussi font de la planche à voile. Les étudiants et les boutiquiers font de la planche à voile. C'est ainsi que certaines sociétés fonctionnent et d'autres pas. Les étudiants arabes et les boutiquiers arabes, ils ne font pas de planche à voile. Voyez le résultat.

Nicolas, flottant dans sa tenue de véliplanchiste, regarde José, abasourdi, puis tombe sur le sable avec le découragement d'un paquet de linge sale.

— Qu'est-ce que vous avez?

— Je m'assois.

— Pour quoi faire ?

— Réfléchir à ce que vous venez de dire.

— Relevez-vous !

— Moi, je réfléchis assis. Socrate, il s'allongeait. C'est ça la différence entre Socrate et moi.

— Il y a aussi que vous êtes plus mignon que lui, dit Barbara.

Étudiante en philosophie ? se demande le jeune homme. Comment saurait-elle, sinon, que Socrate était laid ? L'inventeur de la maïeutique n'a jamais fait la une des journaux people.

— Le vent est bon, dit José. Il faut que vous y alliez. Vous y allez, oui ou non ?

— Non.

— Pourquoi vous êtes-vous préparé ?

— Pour vous faire plaisir.

— Tu entends ça, Barbara ? Me faire plaisir. Qu'est-ce que vous croyez que vous me faites, en ce moment ? Plaisir ?

— Vous vous en remettrez.

— Se préparer pour du windsurf et ne pas prendre la mer, c'est… ah, c'est… dégoûtant. Vous me dégoûtez.

Bon, pense Nicolas, ce sont des timbrés. Il est tombé sur des timbrés. Ça arrive, en voyage. Mais il y a cette Aphrodite dont il ne peut détacher les yeux. Il faut qu'elle les lui rende.

— Je rentre à Mykonos, dit-il sans conviction.

— Comment ? demande José. Votre vélomoteur est en panne.

— Je prendrai le bus.

— Il n'y a pas de bus avant vingt et une heures.

— Piégé, dit Barbara en souriant.

Il a sans arrêt envie de l'embrasser. Pourtant, la bouche, ce n'est pas ce qu'elle a de mieux. Ce qu'elle a de mieux, c'est son mouvement, sa progression dans l'espace plein du bruit de la mer.

— Vous, dit José, vous êtes le genre de type à inviter une femme chez vous, à l'embrasser, à la déshabiller, à la mettre au lit et, là, vous vous levez et allez dormir dans le salon.

— Dans ma chambre d'étudiant, il n'y a pas de salon.

— Avant, il y avait des chambres de bonnes parce qu'il y avait des bonnes, maintenant ce sont des chambres d'étudiants parce qu'il y a des étudiants. Où vivent les bonnes ?

— En banlieue, dit Barbara.

— Pourquoi a-t-on appelé les bonnes les bonnes ? demande encore José.

Nulle réponse.

— Les jeunes, j'ai posé une question.

— Tu nous soûles avec tes questions, dit Barbara.

— Je vous soûle, Nicolas ?

— Oui.

— Je m'exprime mal ?

— La forme, ça va. Le fond me paraît confus.

— À votre âge, je n'étais pas étudiant. J'avais déjà deux boutiques. Montez sur cette planche, Nicolas.

Ce dernier monte sur la planche, puis se rassoit dans le sable. Bref rire nasal de Barbara.

— Vous êtes content ? demande l'étudiant à José.

— Si vous ne montez pas sur cette planche, vous ne monterez sur aucune autre.

Une menace ? Il est confronté à une secte de véliplanchistes fanatiques. Ils tiennent leur congrès annuel à Cap Kalafatis. Toute personne ne faisant pas de la planche sera, pendant le congrès, abandonnée en mer avec un masque de plongée et une seule palme.

— *No problem.*

— Je ne parle pas au propre, mais au figuré. Il s'agit des planches de la vie, c'est-à-dire les risques qu'un homme doit prendre pour pouvoir continuer de se regarder dans une glace après trente ans, après quarante ans, après cinquante ans.

— Après soixante ans.

— Je n'ai pas soixante ans. J'en ai cinquante-quatre et je ne les fais pas.

Notre âge dont on se sent coupable, pourtant la seule chose dont on n'est pas responsable dans la vie, avec notre bêtise, dont on se sent coupable aussi.

— J'admets que je vous donnais moins, quarante-cinq tout au plus.

— N'exagérons rien.

— Quarante-huit, grand maximum.

— Moi, dit Barbara à son vieil amant, j'ai parfois l'impression que tu as cent ans : ce sont les moments où je t'aime le plus.

— Et tout ça grâce à quoi ? fait, narquois, le boutiquier en direction de l'étudiant.

— La planche, soupire Nicolas.

— Alors pourquoi avez-vous dit : après soixante ans ?

— Pour finir votre phrase.

— Ma phrase était finie.

— Excusez-moi d'empiéter sur vos phrases.

— Vous me trouvez trop âgé pour Barbara ?

Ce n'est pas une question mais une affirmation qui se cache sous le loup transparent d'un point d'interrogation. C'est José qui se sent trop âgé pour Barbara, alors que Nicolas ne sent rien.

— Je ne sais pas l'âge qu'elle a, dit l'étudiant.

— Soixante-dix ans, dit la jeune femme.

— Vous êtes choqué par la différence d'âge entre elle et moi ? demande José à Nicolas.

— Seize ans, ce n'est pas beaucoup.

Barbara et l'étudiant rient dans un joyeux concert de leurs deux voix neuves auquel José se joint avec un grognement d'homme vieilli.

— Les étudiants, vous déconnez tout le temps. C'est comme en 68. Les mauvaises affaires que j'ai faites en 68.

— J'avais un an, dit Nicolas.

— Moi aussi, dit Barbara.

— En fait, vous avez le même âge. Partez ensemble. Moi, je suis un vieux Juif qui radote, bon pour la casse.

— Vous avez gagné, soupire Nicolas.

Il m'a eu à la pitié. Ainsi font les vieux. Les vieux Juifs. Je vais me noyer et ils piqueront mon pognon dont je n'aurai de toute façon plus besoin, puisque je serai mort.

— Comme toujours, susurre Barbara.

Portant la planche et la voile, Nicolas se dirige vers la mer. La mort. Il refait aujourd'hui le trajet, sans planche. La plage n'a pas changé, malgré les millions de pieds de toutes les nationalités qui ont marché dessus depuis vingt-cinq ans. Car il n'est pas mort. Il a vécu. Ce qui revient un peu au même. Il entend encore José le conseiller de loin :

— Bien. La voile, maintenant. Parfait. Tu es doué.

Sur l'eau, pense Nicolas, j'ai droit au tutoiement. Il remonte sur sa planche. Barbara avait raison : retomber. Remonter. Perçoit un murmure de José amplifié par le vent.

— Il est tout de même un peu con, non ?

41

Maintenant, il en est sûr : ils vont le braquer. Il n'aura plus qu'à vendre la planche et la combinaison, puis appeler à Paris son père écrivain pour qu'il lui envoie de l'argent par Western Union afin qu'il puisse continuer son voyage.

C'est le soir. Le soleil est tombé à l'eau, laissant sa chaleur sur le sable comme un porte-monnaie ou un journal oubliés. Le ciel et la mer se retrouvent en tête à tête, reformant leur couple parfait de noctambules. Nicolas assis dans le sable, son petit sac à dos de routard amateur sur les genoux. Il y a des routards professionnels : on les reconnaît à leur gros sac à dos. Des pas derrière l'étudiant. Il ne se retourne pas, il sait qui c'est. Se plantent devant lui José en pantalon gris et chemise blanche décolletée sur son torse velu de Jean Yanne, Barbara dans une robe noire moulante en stretch signée Alaïa.

— Vous venez dîner ? demande José.

Dès que Nicolas est sorti de l'eau, furieux contre le couple et en même temps content de lui-même, le boutiquier s'est remis à le vouvoyer.

— J'attends mon bus, dit le jeune homme.

— Quel bus ?

— Celui de vingt et une heures pour Mykonos.

— Il n'y a pas de bus pour Mykonos à vingt et une heures.

— Le dernier bus pour Mykonos était à dix-neuf heures, dit Barbara.

— Les chauffeurs de bus grecs aiment eux aussi dîner en famille, ironise José.

— Vous m'avez dit, José, qu'il y avait un bus à vingt et une heures. Vous étiez là, Barbara. Vous avez entendu, comme moi, José dire qu'il y avait un bus pour Mykonos à vingt et une heures.

— Non, dit Barbara.

Il sait qu'elle ment. Il est déçu. On ne s'attend pas à ce que la beauté mente, c'est la laideur qui dit n'importe quoi pour se faire pardonner. Oublier. Aimer.

— Vous étiez là, insiste-t-il.

— Je sais que j'étais là. Je ne suis pas idiote.

— Vous perdez un point, Nicolas. Quand on veut séduire Barbara, il ne faut pas la traiter d'idiote. Elle est susceptible.

— Je n'ai pas l'intention de la séduire, dit Nicolas.

44

— Elle ne vous plaît plus ? Vous la trouvez, à la réflexion, trop vieille ? J'admets que vingt-trois ans, ce n'est plus tout jeune. Vous devez néanmoins reconnaître qu'elle est bien conservée.

Barbara prend le bras de Nicolas avec une douceur, une amitié, une honnêteté qui bouleversent le jeune homme. Rien, de cette main, ne peut lui arriver de mauvais. Tout le contraire. Il la sent déjà sur sa nuque, son dos, ses fesses : tendre et attentionnée.

— Dînez avec nous, Nicolas. Après, on vous ramènera à Mykonos dans la Range Rover.

— Je ne veux pas dîner avec vous.

— Si Barbara vous gêne, dit José, on l'installera à une autre table. Pas de problème.

— Pas de problème, répète l'intéressée, ou plutôt la désintéressée.

— C'est un jeu ? demande Nicolas.

— Un jeu ? dit José.

— Ce que vous faites avec moi, c'est un jeu entre vous ?

— On n'a rien fait avec vous. Juste un peu de planche à voile.

45

— En me trompant sur l'horaire des bus, vous m'obligez à passer la soirée ici.

José secoue la tête avec une expression de dépit.

— Vous obliger à passer la soirée ici. Vous en parlez comme d'une corvée.

Barbara est toute proche de Nicolas. Son corps musical et maternel ondule dans la nuit.

— La cuisine de l'hôtel est bonne, dit-elle. Ça va vous changer des moussakas et autres salades grecques des bouis-bouis pour touristes de Mykonos.

— On boira du Dom Pérignon, dit José. Comme James Bond.

Barbara :

— Après, je vous ramènerai à Mykonos. J'adore conduire la Range.

Nicolas les dévisage. Ils sont luisants de duplicité, lourds de secrets comme ces navires coulés au fond des mers avec leur cargaison d'or du XVIIIe siècle.

— Elle drague les mecs et vous vous les faites, dit-il, s'étonnant lui-même des mots qu'il prononce.

— Elle vous a dragué ? s'étonne José. Je n'avais pas compris ça. C'est vrai que j'étais sur ma planche. J'ai tout vu mais rien entendu.

— Elle les aguiche, quoi ! geint Nicolas, de plus en plus conscient du ridicule de ce qu'il pense, de ce qu'il dit et même de ce qu'il est.

— En fait, dit José, Barbara et moi nous sommes à la tête d'un réseau de traite des Blancs.

— À chaque fois que nous voyons un beau jeune homme isolé, dit Barbara, je l'aguiche.

— Et moi, je le soumets. Pour cela, j'ai une arme infaillible : la planche à voile. Nous avons des clients…

— … et des clientes…

— … dans le monde entier.

— Les Émirats.

— Le Luxembourg.

— Taïwan.

— Notre victime devient un esclave sexuel richement entretenu mais devant subir tous les caprices de ses maîtres.

— Ou maîtresses.

Bon, ils se moquent de lui, mais il y a dans cette moquerie quelque chose de lourd et d'obscur qui lui déplaît, l'effraie aussi. Le fait qu'ils le font à deux, déjà. Un moqueur joue, deux complotent.

— On peut appeler un taxi de la réception ? demande-t-il.

— Non, dit José. J'ai donné des ordres. L'hôtel m'appartient. Tout m'appartient ici. Les gens m'appartiennent. Vous êtes fait comme un rat.

Pourquoi les rats sont-ils plus souvent faits que les autres rongeurs ? se demande l'étudiant. Sa décision est prise : il se débine.

— Je rentrerai à pied.

— Il y a cinq ou six kilomètres, dit José.

— Rimbaud a souvent fait Paris-Charleville-Mézières à pied.

— C'était un sportif. Vous, il suffit de vous voir sur une planche à voile...

— À l'époque de Rimbaud, le sport n'existait pas.

— Tu vois, Barbara, que ça sert de faire des études.

— Ça sert à quoi ?

— À clouer le bec d'un vieux Juif.

— Tu n'es pas vieux.

— D'un gros Juif, si tu préfères. Et ne me dis pas que je ne suis pas gros.

Barbara prend de nouveau le bras de Nicolas, mais plus près de la main que la première fois.

— Vous ne nous croyez pas, quand même ?

— Je ne sais pas ce que je dois croire ou ne pas croire, mais vous m'ennuyez.

— C'était une blague. José et moi, on fait des blagues. C'est pour ça que les gens nous détestent.

— Ils ont tort, dit José. Nous ne sommes pas détestables.

— Juste blagueurs.

Nicolas s'éloigne de ce qu'il imagine être un pas rimbaldien. La route de Mykonos est vide et noire. On peut marcher longtemps dans ce qui est vide et noir, cela s'appelle avoir vingt-trois ans. Pense-t-il. Dans son dos, il entend José crier :

— Et si je vous donne Barbara pour la nuit ?

Cette fontaine de beauté, cette mer de grâce, sous lui et sur lui, jusqu'au matin : offre délirante à considérer. Même si on est chez les fous. Et moi, songe Nicolas, ne suis-je pas fou d'être resté toute la journée avec eux ? Il revient sur ses pas, plus petits qu'il ne l'imaginait.

— Elle vous appartient ? demande-t-il à José sans regarder Barbara.

— Oui.

C'est un oui lourd, dur et rond comme une grosse pierre lancée dans la mer.

— Si elle vous appartient et que vous me la donnez, je la prends.

— Une nuit, pas plus.

— Elle est d'accord ?

— Demandez-lui.

Nicolas, pour la première fois depuis le début de la négociation, se tourne vers Barbara. Elle est molle d'angoisse, pâle de dégoût, prête à tomber par terre.

— Vous êtes d'accord, Barbara ?

— Oui.

— Vous n'en avez pas l'air.

Elle lui sourit et il a l'impression étrange et désagréable qu'elle a pitié de lui.

— Vous dînez avec nous maintenant ? demande José à l'étudiant sur un ton d'épicerie.

— Oui.

— Qu'est-ce qu'il ne faut pas faire pour vous avoir à dîner, vous. Allons-y !

En chemin, José dit à Barbara :

— Je te parie que les Allemands auront bouffé tout le salami.

— Ce que j'espère, dit Barbara, c'est que la soupe ne sera pas froide.

— Des fois, dit José à Nicolas, la soupe est froide.

— Mais si on leur demande, dit Barbara, ils la font réchauffer.

Il a fini de dîner et marche sur la plage comme à Pâques 1991. C'est le même clair de lune. Magritte mais grec. Il a enlevé ses sandales, qu'il tient à la main. Le sable est encore chaud sous ses pieds. On dirait qu'il a gardé la chaleur qu'il avait quand ses pieds à lui étaient jeunes. Il se souvient qu'il fumait une cigarette. Aujourd'hui, il ne fume plus. José ne fumait pas. Ce soir-là, il le rejoint devant la mer. Nicolas attend qu'il dise le mot panorama. Mais l'autre demande :

— Barbara n'est pas avec toi ?
— Si, c'est la femme invisible.
— Que se passe-t-il ?
— Elle est allée se coucher.
— Où ?
— Dans mon lit.

— Qu'est-ce que tu fais ici, alors ?

— Comme vous, je prends l'air.

— Elle ne te plaît pas ?

— Elle me plaît.

— Rares sont les types à qui elle ne plaît pas.

— Il y a toi, déjà.

Quand se sont-ils tutoyés pour la première fois ? Peut-être à ce moment sur la plage, peut-être plus tôt, au restaurant de l'hôtel. Nicolas ne se souvient plus, alors on va situer le début du tutoiement à cette heure de la première et non dernière soirée de l'étudiant à Cap Kalafatis.

— Moi ? s'étonne José.

— Si elle te plaisait, tu la garderais pour toi.

Pendant le dîner, José a nourri les chats, au grand énervement des serveurs. Barbara le regardait en souriant et sans parler. Nicolas se sentait bien entre eux. Il avait l'impression d'être avec ses parents. Ou ses enfants. C'est peut-être le plaisir de ne plus être seul pour dîner et de parler la langue française, celle dont son père s'est servi pour le nourrir, l'habiller et lui payer ses études.

— Je la garde pour moi, dit José.

— Pas ce soir.

— Ce soir, c'est particulier.

— Qu'y a-t-il de particulier, ce soir ?

— Tu ne voulais pas rester dîner avec nous.

— Je comprends : tu n'aimes pas dîner en tête à tête avec Barbara.

José soupire, fait quelques pas vers la mer. Il a l'air encombré de son corps, de son passé ou encore de Barbara.

— Ça fait quatre ans qu'on dîne en tête à tête. Il y en a marre. Elle a de la conversation, j'en ai moi aussi, mais tout de même.

— Solal et Ariane, dans *Belle du Seigneur*, ont ce problème.

— Quel chef-d'œuvre.

— Tu l'as lu ?

— C'était un mec extra, Cohen. J'adore.

— Donc, tu m'as donné ta femme pour avoir quelqu'un à qui parler à table ?

— Pas donné. Prêté. Et pour une nuit. Te donner ma femme. Tu me prends pour qui ?

— Donner sa femme ou la prêter, c'est pareil.

— Pareil ?

— Oui.

— Prêter sa femme un soir et la donner pour toujours, c'est pareil à tes yeux ? Je n'aimerais pas être ta femme.

— Moi non plus.

— Barbara ne se plaint pas.

— Tu trouves normal qu'elle ne se plaigne pas ?

— Oui, si je la rends heureuse.

— C'est toi qui la rends heureuse ?

— Pour l'instant, ce n'est pas toi.

Nicolas se sent coupable de tout alors que c'est lui l'innocent. Ce qui s'appelle être manipulé. Comme disent les filles. Il devient une fille entre Barbara et José. Il s'éloigne du boutiquier, qui continue de fixer l'horizon des yeux. C'est une belle nuit incompréhensible. Les deux hommes semblent des naufragés après une grosse tempête intérieure.

— Avant de la rendre heureuse, dit Nicolas, j'aimerais comprendre ce qui se passe.

— Je vais te dire ce qui se passe : tu as une super petite nana dans ton pieu et tu perds ton temps à faire la conversation à un vieux con sur la plage.

— Tu es un vieux con ?

— Tous les vieux sont cons. Tu veux savoir pourquoi ?

— Non.

— Je vais te le dire quand même : parce qu'ils ont souffert.

— Tu es con parce que tu as souffert ?

— J'ai souffert parce que j'étais con, et après la souffrance, j'ai été encore plus con. Je ne comprends pas pourquoi, dans les sociétés primitives, les vieux faisaient la loi.

— Pas seulement dans les sociétés primitives : à Sciences-Po, c'est pareil.

— Pourquoi les pays d'Afrique et du Moyen-Orient vont-ils mal ? Parce qu'ils sont gouvernés par des vieux. En Israël, ils sont jeunes.

— Pourquoi ne partez-vous pas en Israël avec Barbara ? Tel-Aviv, c'est pour elle. Bar, plage, bar, plage.

— Elle a peur du terrorisme.

— Vous n'êtes pas obligés de vous installer dans les territoires occupés.

— Ne commence pas avec Israël. C'est un sujet sensible. Et puis, Barbara n'a pas trop aimé que 14 000 Falachas soient exfiltrés d'Éthiopie pour venir en Terre promise. Elle dit que maintenant Jérusalem sera comme Paris : plein de Noirs.

— La gentille fille.

— Laisse tomber ton antiracisme de façade.

— C'est le Juif qui parle ?

— Tu vois un autre Juif ici ? Crois-moi, Nicolas : les vieux, ils font dans leur culotte en permanence.

— Les jeunes aussi. Barbara, par exemple.

— Les jeunes, ils n'ont pas peur de mourir. Tu me diras : ils ont peur de vivre, ça revient au même.

— Tout le monde a peur, quoi.

— Oui, mais les jeunes sont plus forts alors ce sont eux qui devraient faire la loi. C'est pour ça que je préfère la monarchie à la république.

— Les monarchistes n'ont pas toujours été tendres avec les Juifs. Les rois non plus. Tu sais qui a inventé l'étoile jaune ?

— Un super connard.

— Exactement : Saint-Louis.

— Ça n'empêche que les Juifs ont eu des rois dans l'Antiquité. Qu'est-ce que tu crois ? Je suis con, mais j'ai lu la Bible. En République, un enfant n'accédera jamais au pouvoir. Dans une monarchie, ça peut arriver. Bon, tu y vas ?

— Où ça ?

Regard excédé, un peu méchant, de José vers l'étudiant :

— Ne te fiche pas de moi. Déjà, tu te tapes ma femme, tu veux te payer ma tête en supplément ?

— Ce n'est pas ta femme et je ne me la tape pas.

— Elle doit trouver le temps long.

Nicolas sourit et dit :

— Elle a apporté un livre.

— Un livre ?

— Elle fait toujours ça ?

Moue indulgente de José :

— Le soir, elle aime bien lire avant de s'endormir.

— Tu me rassures.

— Il ne faut pas juger sur ses maillots de bain et l'air qu'elle a de se foutre de tout en permanence. Mine de rien, elle est cultivée. Plus que moi.

— Si elle lit tous les soirs, à force.

— File, elle va commencer à s'inquiéter.
— S'inquiéter ?
— De ce que tu la dédaignes.
— Elle s'en fiche.
— Ne crois pas ça.
— C'est toi qui la dédaignes.
— Tu ne comprends rien.
— Il y a quelque chose à comprendre ?
— Non.

José s'assoit sur le sable et dit qu'à son âge, le voilà sur le sable. Il se couche sur le dos, regarde le ciel. À quoi songe un homme de cinquante-quatre ans couché sur le sable et qui regarde le ciel ? À son cercueil ? À son long passé et à son court avenir ? Le moment où, mathématiquement, on a moins de choses à vivre que de choses vécues. Majoritaire devenu minoritaire. Bolchevik passé menchevik. Nicolas s'assoit à côté de lui.

— Laissons-la lire, dit-il.

— Tu n'en veux pas ?

— Non.

— Pourquoi ?

— J'ai trop fait de planche à voile. Et quand j'ai vu Barbara entrer dans la chambre avec un livre sous le bras, ça m'a rappelé Sciences-Po.

— Tu n'avais pas imaginé la scène comme ça.

— Non.

Depuis son arrivée à Cap Kalafatis, Nicolas se sent incapable d'imaginer quoi que ce soit. La réalité, dans sa profusion, ne laisse aucune place, dans l'esprit du jeune homme, à une activité autre que l'accueil des informations contradictoires, bizarres, choquantes, envoyées par José et Barbara.

— Tu l'avais imaginée comment ?

— Moins intello. Elle s'est mise nue et a ouvert son livre. Ce n'était pas un roman : de la philo. Spinoza. Tu te rends compte ?

— Non. Tu as eu peur de ne pas bander ?

— Je n'ai pas bandé. Spinoza, je te dis.

— C'est une plaisanterie ?

— Non : sérieux.

— Tu l'as vue nue ?

— Oui. Quand elle s'est couchée. Avec Spinoza.

— Et après ?

— Après, je suis sorti.

— Pourquoi ?

— Je n'avais rien à lire.

Les deux hommes rient de leur démence, de leur passion, de leur maladresse. De leur amitié ? Ils se relèvent presque en même temps. Nicolas a sans doute allumé une cigarette : les hommes qui ont arrêté de fumer ne se souviennent pas de ce qu'ils ont fumé, c'est comme les hommes qui ont arrêté de boire. Ou de baiser. Le vieillard se souvient de ses maîtresses mais pas de leurs caresses. Ni des siennes. L'abstinence efface le passé du sybarite.

— Et, dit José, tu n'avais pas envie de lui demander de te prêter un livre. Il fallait lui sauter dessus. À la hussarde.

— J'ai préféré sortir.

— En dernier ressort, tu décides. Attention : demain, notre marché n'est plus valable.

— Tant pis. Mon vélomoteur sera réparé et je retournerai à Mykonos.

— Tu veux qu'un vieux con te donne un conseil ? Ne rate pas un coup pareil.

— Je l'ai déjà raté, dit Nicolas. J'ai dit à Barbara de retourner dans votre chambre. C'est toi qu'elle attend depuis dix minutes.

José pousse un soupir et se rassoit, dépité, sur le sable. Mais quelque chose brille dans la nuit autour de lui : la lumière d'une douce satisfaction.

Le lendemain matin, pas trop tôt. Une plage grecque ne se lève pas trop tôt. Barbara bronze son dos nu. Nicolas est assis sur une chaise basse rouge enfoncée dans le sable, à côté d'elle. Un gros livre sur les genoux.

— Il est loin, dit Nicolas.

— Mm?

— José est trop loin. Il veut tellement épater les Schleus qu'il va finir par se viander.

Sur l'eau, la silhouette du véliplanchiste semble s'affiner, à cause de la distance. Un trait noir dans le ciel vide, planté sur le silence de la mer.

— Se quoi? demande Barbara.

— Se viander.

Elle se tourne sur le dos, s'appuie sur les coudes.

— Tu ne serais pas en train de te mettre à parler comme un véliplanchiste ?

— Tu connais beaucoup de véliplanchistes qui lisent Raymond Aron ?

— Bientôt, tu n'y comprendras plus rien.

— Je n'y comprends plus rien.

Il envoie le livre voler. Celui-ci tombe à côté d'une petite fille allemande qui joue près d'eux sans cesser de les regarder, fascinée par leur beauté et ce qu'elle imagine être leur amour.

— Maintenant, dit Barbara, tu es un véliplanchiste qui ne lit pas Raymond Aron, c'est-à-dire…

Elle fait mine de réfléchir, mais son regard pétillant indique que c'est tout réfléchi et elle dit, triomphante :

— Un véliplanchiste.

Puis, sur le ton de la confidence émue et bien pensée :

— Quand j'ai rencontré José, j'ai compris que je n'avais encore aimé personne. C'est pour ça que ça a été si merveilleux tout de suite entre nous et que ça l'est resté. On a fait une de ces fêtes il y a quatre ans. Je nous revois au petit matin, dans les rues de Vegas. Cette nuit-là, on s'était fait plus de

vingt mille dollars. Vingt plaques… Trois millions
de drachmes. On a bu du champagne rosé à neuf
heures du matin, dans un restaurant chinois qui
venait d'ouvrir. On a commandé des pâtés impériaux. Manger des pâtés impériaux le matin à Vegas
avec vingt mille dollars sur les genoux en buvant
du champagne rosé, voilà le genre de vie que j'ai
eue avec José. Le ciel, au-dessus du Hilton, était
purple. Je n'oublierai jamais ce *purple*-là. Une autre
fois, c'était à Paris, aux Bains-Douches. José n'aime
plus danser et je me demande s'il a jamais aimé ça.
Il dit qu'il se trouve trop vieux et trop gros mais
il ne se trouve ni trop vieux ni trop gros pour la
planche à voile.

— Il est hyper loin, là. Il prend des risques.

— Ne t'inquiète pas, il gère. Il m'emmenait
en boîte pour me faire plaisir, moi d'ailleurs ça
ne me fait pas plaisir, les boîtes je connais et avec
un homme qui ne danse pas c'est plus embêtant
qu'autre chose, mais je lui fais croire que ça me fait
plaisir, parce que je sais que ça lui fait plaisir de
croire qu'il me fait plaisir. Tu comprends?

— En quatrième année de Sciences-Po, je suis.
Toutes tes phrases, je comprends.

— Une fois, il y a Jack Nicholson qui se pointe aux Bains avec une nana. José, il sait que j'aime Nicholson, parce qu'à chaque fois qu'il y a un film dans lequel joue Nicholson, on va le voir, où qu'on soit dans le monde. À Londres, on a vu *Batman*. À Séville, *Le Facteur sonne toujours deux fois*. C'était doublé en espagnol, on n'y pigeait que dalle. Au Maroc, dans un cinéma en plein air, on a vu *Chinatown*. On l'avait d'ailleurs vu plein de fois chacun de notre côté, avant de nous connaître. Aux Bains, José s'approche de Nicholson, ils se mettent à causer tous les deux, Nicholson rigole. Je n'en crois pas mes yeux. Ces types-là, ils n'apprécient pas qu'on vienne les emmerder. Eh bien, José il peut emmerder tout le monde sur terre, les gens ne lui disent jamais rien. Toi, par exemple, il t'emmerde, tu ne dis rien.

— Il ne m'emmerde pas.

— Mon José me fait signe d'approcher et je me trouve en face de Nicholson et de sa nana qui, bien sûr, me tirait la gueule. Ça ne doit pas être marrant d'être la nana de Nicholson. Se le faire un soir, comme ça, pour voir, d'accord. D'ailleurs, non, pas d'accord. J'aime tellement José que je refuserais de coucher avec Nicholson s'il me le demandait.

— Si Nicholson te le demandait ou si José te le demandait ?

Regard ému de Barbara, accompagné d'un lent sourire voluptueux, le tout constituant son expression énigmatique favorite.

— Je suis retournée danser. José et Nicholson se sont serré la main et puis basta. C'était pour dire. Pour dire qui est l'homme que j'aime.

Nicolas scrute la mer. La planche de José se rapproche de la plage. Impossible, encore, de distinguer si le boutiquier a l'air heureux ou malheureux. L'étudiant dirait plutôt malheureux.

— Il revient, dit-il.

— Ouf.

— S'il se noyait, qui paierait les chambres ?

— Moi.

— Avec quel argent ?

— Celui de l'assurance.

— José a contracté une assurance vie en ta faveur ?

— Oui.

— Grosse ?

— Énorme.

L'argent et son éclat bizarre, un peu triste. Les riches se baladent sur la terre des pauvres avec leurs cachotteries. Ont menti pour avoir leur pognon, fabulent pour le garder. La peau dorée de Barbara a soudain l'air plus dorée.

— Attention, dit la jeune femme. Top secret. Tu ne lui dis pas que je te l'ai dit.

— S'il meurt, tu deviens une femme riche?

— Une jeune femme riche. Une jeune femme très riche.

— Ah.

— C'est tout ce que ça te fait?

— Ah, ah.

— Mais encore?

— Si j'étais intéressé par l'argent, je n'aurais pas choisi les affaires publiques.

— Dans affaires publiques, il y a affaires.

— Pas intéressé, je te dis.

— Intéressé par quoi ?

— L'amour.

— L'amour t'intéresse ?

— Pas toi ?

— Qu'est-ce que je fais depuis quatre ans ? L'amour. *L'Amour fou*. D'André Breton.

— Tu connais Breton ?

— C'est parce que je suis seins nus que tu me poses cette question ?

— Oui.

— En hypokhâgne, c'était mon auteur préféré.

— Tu as fait hypokhâgne ?

— Tu me poses cette question parce que j'ai un string ?

— Oui.

— Quand il a fallu choisir entre khâgne et Castel, j'ai choisi khâgne mais les profs de Louis-le-Grand m'ont conseillé Castel. Tout juste s'ils ne m'ont pas conduit eux-mêmes rue Princesse. De l'avis général, j'étais douée. D'ailleurs, je connaissais le chemin.

Nicolas ne l'écoute pas : il suit les évolutions de José sur l'eau.

— Regarde comme il vire de bord. Chapeau !

Il applaudit.

— Ma parole, dit Barbara, tu es un fan.

— Toi aussi, non ? Tu étais même prête à coucher avec moi pour lui faire plaisir.

— Quelle importance, puisque tu n'en as pas profité ?

Le corps merveilleux de Barbara a l'air, dans son ensemble, de se moquer de lui. Vingt-quatre heures que Nicolas se retient de le toucher, de l'embrasser. Hier, il lui était offert mais, comme la jeune femme vient de le rappeler, il l'a repoussé. Il ne sait toujours pas pourquoi. Il y a dix explications et donc aucune. Il prend n'importe laquelle, se disant que Barbara n'en a qu'une en tête : elle ne lui plaît pas. C'est le complexe d'infériorité des jolies filles : elles pensent qu'il y a toujours mieux qu'elles. Comme les riches avec leur fortune, toujours inférieure à celle de leur voisin de palier, de chalet, de yacht.

— Je veux que tu couches avec moi pour me faire plaisir et te faire plaisir. Quand deux personnes couchent ensemble, tout se passe entre elles deux. Personne d'autre ne doit être impliqué.

Il vient d'improviser cette théorie comme on le lui a appris rue Saint-Guillaume : n'importe quoi vaut mieux que le silence dépité de qui n'a aucune réponse à la question posée.

— Que suis-je censée dire, là ?

— Ce que tu penses.

— Je pense que…

Elle ne termine pas sa phrase. Parce qu'elle ne sait pas ce qu'elle pense ou parce qu'elle ne pense rien ? La seconde hypothèse est peut-être la bonne. Et si, dans ce merveilleux paysage humain de collines miniatures et de plaines lisses, il n'y avait rien ? Le cliché des jolies filles vides. Et même si c'était vrai ? Quoi de plus vertigineux que le vide ? Il a trouvé : Barbara est vertigineuse.

— Pas facile, hein ? fait Nicolas. Ce n'est pas dans vos habitudes, à José et à toi, de dire ce que vous pensez. Vingt-quatre heures que vous m'embrouillez avec de fausses vérités, de petits mensonges. Cette histoire d'assurance vie, je n'ai pas plus de raisons d'y croire que de ne pas y croire.

Tu aurais dû y croire, se dit-il ce matin, après une nuit à l'hôtel Sunrise d'Agrari, petits pavillons blancs posés sur des collines pelées sous un ciel sans fin. Le plus difficile pour les voyageurs solitaires, ce sont les lits jumeaux : ils passent toutes les nuits en compagnie du fantôme de leur amour perdu allongé dans le vide à côté d'eux.

— C'est vrai, Nicolas. Je te le jure.

— Pourquoi me l'as-tu dit ?

— Je ne sais pas. C'est venu dans la conversation.

— C'est top secret et, comme par hasard, c'est venu dans la conversation. Heureusement que tu n'es pas responsable de la sécurité du centre atomique de Saclay. Tu veux que je t'aide à tuer José et que nous partagions l'argent ?

— Comme tu y vas, dit-elle en souriant. Tu auras quinze pour cent, vingt maximum.

— Il y a combien ?

— Trois millions de francs. Trois cents plaques. Cinquante millions de drachmes.

— Qui te reviendront ?

— Automatiquement.

— Après le décès de José ?

75

— S'il est prouvé qu'il n'y a pas de suicide.

— Ni de meurtre ?

— Tant que je ne suis pas la coupable. Tu me détestes, hein ?

— Oui.

Il s'allonge à côté d'elle, l'enlace, et leurs lèvres se rejoignent. Nicolas s'écarte, jette un coup d'œil vers la mer. José n'a rien vu, il est reparti au large. Ou alors il est reparti au large après avoir tout vu. Aux autres occupants de la plage, dont les yeux sont presque en permanence attirés, aimantés par ce couple superbe, brillant de beauté et de désinvolture, le baiser n'a pas échappé.

— Regarde les Schleus, dit Nicolas. Ils ne comprennent plus rien.

— Ils comprennent tout, au contraire. Et puis ça m'énerve quand José et toi vous dites les « Schleus ». On croirait que vous avez connu l'Occup' alors que pendant la dernière guerre José jouait au foot dans la banlieue de Constantine et que toi tu n'étais pas encore né. Vous ne pouvez pas dire les « Allemands », non ?

— Ah oui, l'Europe.

— L'Europe, c'est vrai, j'y crois. Plus elle sera forte et unie, mieux elle résistera aux Américains et aux Russes.

— Les Russes, ils sont à la ramasse.

— Maintenant, il y a les Chinois.

— Le péril jaune.

— Toi, tu ne crois pas à l'Europe ?

— Bien obligé : elle existe depuis l'Empire romain.

— Ça suffit, toutes ces guerres entre Européens.

— Quelles guerres ?

— La Yougoslavie, ça ne sent pas bon.

— Tu devrais venir à Sciences-Po avec moi : tu es douée. On s'embrasse encore ?

Tout à l'heure, il a posé les lèvres sur une morte, ça lui a plu quand même. La peau de Barbara a tiédi. Il prend la nuque de la jeune femme dans sa main. Il serre un peu.

— C'est José qu'il faut tuer, lui dit-elle dans l'oreille. Pas moi.

— Je ne tuerai personne.

— Je plaisantais.

— Vous avez de drôles de plaisanteries, José et toi.

— On est trop libres depuis quatre ans. On ne voit plus les limites.

Autres baisers sur : la joue, le nez, l'oreille.

— Ça ne te fait rien ? demande Nicolas au moment même où il sent que ça fait quelque chose à Barbara.

— Pourquoi tu dis ça ?

— J'ai l'impression que ça ne te fait rien.

Ces yeux liquides, il les a pourtant déjà vus : dans les vestiaires de la patinoire de Megève, en été 82. La jeune fille qu'il aimait sortait d'une cabine où elle avait embrassé pendant une heure un garçon qu'il aimait aussi. Elle avait les mêmes yeux.

— On va dans ta chambre ? propose Barbara.

— Tu n'en as pas envie.

— Ce n'est pas la question.

— C'est quoi la question ?

— Il faut qu'on le fasse. Comme dirait Kant, c'est un impératif catégorique.

— Tu as étudié la philo ?

— Oui : quinze jours.

La chambre bleue, le ciel blanc. Le bruit sincère de la mer. La mer ne ment pas. Il se souvient de tout. Ce sera peut-être même un jour son seul souvenir, conservé dans l'alcool éventé de son cerveau mourant. Le paradis existe, c'est un lit. Quand on a vingt-trois ans et la fille aussi. L'éternité dure un millième de secondes, ça devrait pouvoir être prouvé mathématiquement. Il y eut ensuite le déjeuner, puis de nouveau la plage. Nicolas a l'impression d'être non dans un ménage à trois mais dans une équipe sportive, hand-ball ou escrime. La tête appuyée sur le ventre de Barbara – « Mon oreiller de luxe », dit-il –, José lit un journal français.

— Le gouvernement a changé, annonce-t-il.

— Le gouvernement de quoi ? demande Barbara.

— De la France.

— Ça ne compte pas, la France.

— Hein ?

— L'Europe, oui, ça compte. La France, non.
Fini.

— Toi et ton Europe. Si on avait eu une fille, tu
m'aurais obligé à l'appeler Europe.

— J'y ai pensé.

— Europe Benguigui. Elle aurait fait sensation
à l'École alsacienne.

Barbara rit, caresse la tête bouclée de José aux
cheveux gris comme les poils de ses couilles.

— On est bien, dit José.

— Je suis heureuse comme je ne l'ai jamais été.

— C'est en partie grâce à Nicolas, dit José. Il
a mis un peu d'animation dans notre vie. Et de
culture, aussi. J'aimerais bien entendre l'avis d'un
étudiant de Sciences-Po sur l'Europe.

— Un autre jour.

— On ne sait pas s'il y aura un autre jour.

— Vous partez aujourd'hui ?

— J'avais un associé. Le jour où, au restaurant,
je lui ai appris que j'avais un cancer, il a fait un
AVC : mort sur le coup.

— Et ton cancer ?

— Guéri.

— Tu as pu récupérer ses parts.

— Arrête tes conneries : j'ai tout laissé à sa veuve et à ses enfants. Je t'ai déjà dit que j'étais un gars à principes.

L'étudiant suit des yeux la longue main fine de Barbara qui voyage dans les abondants cheveux du boutiquier.

— Cet endroit est le paradis, dit la jeune femme.

— Quel endroit ? demande José. Ma tête ?

— On a eu raison de quitter Paris. Un jour, pendant mes études, j'ai levé le nez de mon livre et je me suis dit : tous les gens auxquels tu t'intéresses en ce moment – Sophocle, Napoléon, Racine et *tutti quanti* – sont morts. J'ai refermé le livre et je suis allée acheter une jupe aux Halles. Et voilà.

— C'était comment avec Nicolas ? demande José.

Il a compris ce qui s'était passé quand les deux jeunes gens sont revenus à la plage avec l'évidence de leur forfait plaqué sur leur visage tel du hâle ou un sourire.

— Demande-lui, dit Barbara.

— Bonne idée, dit l'étudiant. D'autant que je suis là.

— Il t'a fait jouir ?

— Non.

— Ce n'est pas l'impression que j'ai eue, dit Nicolas.

— Tu t'es retenue ? interroge le boutiquier.

— Je me suis un peu retenue.

— Qu'est-ce que ça doit être quand elle ne se retient pas, commente l'étudiant.

Il a l'impression d'écouter cette conversation enfermé dans une armoire, comme un mari cocu ou un amant planqué.

— Pourquoi t'es-tu un peu retenue ? demande José à Barbara.

— Devine.

— Par amour pour moi ?

— Je n'avais pas envie de jouir avec lui.

— Pourquoi ?

— Parce que je ne l'aime pas. Parce que c'est toi que j'aime.

José se redresse. Long baiser avec Barbara. Nicolas détourne la tête, amusé. Se sentant de plus en plus dans un monde imaginaire. La douceur absolue :

sortir vivant de la réalité. Provoquée par la drogue ou l'alcool. Ou l'éjaculation. Le gros José jette un coup d'œil en direction du campement – parasol, glacière, music machine, serviette, jouets – des Allemands de l'hôtel. Il faudrait raconter cette histoire du point de vue des Allemands de l'hôtel, y compris l'épisode des chats.

— Qu'est-ce qu'ils ont à nous reluquer ?

Vers les Allemands, mais pas assez forts pour qu'ils comprennent, de plus ils ne parlent pas français, ayant cessé d'apprendre notre langue en 1945, les uns passant à l'anglais et les autres au russe, selon qu'ils se trouvaient à l'est ou à l'ouest de leur pays en ruines :

— Vous n'avez jamais vu un grand-père rouler une pelle à une nymphette ?

— Tu es grand-père ? demande Nicolas.

— Oui, c'est pour ça que j'ai quitté Paris. Je ne me supportais pas en grand-père. *Ich bin ein Grossvater* !

— Je t'en prie, dit Barbara.

— Je n'ai pas de leçon de morale à recevoir de salopards qui ont exterminé six millions de Juifs.

— Ils ne t'ont pas fait de leçon de morale.

— Un soir, dans un sex-shop de la rue de la Gaîté qu'on me proposait d'acheter, j'ai vu un film porno allemand. La fille enfonçait ses deux mains dans l'anus de sa copine.

Vers les Allemands :

— Pas de morale !

Il se recouche sur le sable, la tête de nouveau posée comme une relique ou un Rubik's cube sur le ventre parfait de Barbara. Celle-ci reprend ses caresses pensives, on peut même dire réfléchies. Barbara pense sans arrêt. Nicolas la croit vide, c'est le contraire. Elle a la tête pleine, c'est pourquoi elle n'absorbe rien de l'extérieur : ce serait de trop.

— On est bien, dit José.

Après un silence sucré comme un œuf de Pâques dont ce sont les vacances scolaires, Barbara dit :

— Je t'aime.

Bruit lointain d'un marteau-piqueur. Barbara ne semble pas l'entendre, occupée comme d'habitude par son cerveau. Nicolas attribue ce son nouveau à l'étrangeté de toute la situation. Le bruit augmente. José tourne la tête. Nicolas commence à s'inquiéter. C'est un garçon inquiet.

— C'est quoi ce bruit ? demande-t-il.

— Quel bruit ? fait Barbara.

— Vous n'entendez pas ?

— J'ai une oreille bouchée depuis deux jours.

Le bruit cesse.

— Il n'y a pas de bruit, dit José.

Ils ne l'entendent pas parce qu'ils sont heureux, pense l'étudiant, et je n'entends que ça parce que je suis malheureux. Pourquoi est-il malheureux ? Il a baisé la fille et bouffe comme quatre. Pas tombé sur des voleurs mais sur des pigeons. N'empêche qu'il se sent pigeon ou sur le point d'en devenir un. L'escroc ne se présente-t-il pas à sa victime comme un naïf ? La ruse consiste à ne pas montrer qu'on est rusé. Tous ces dons qu'on lui fait auront un prix, il espère juste qu'il ne sera pas trop élevé, genre la mort.

Le bruit reprend, plus fort.

— Vous entendez, là ? demande, énervé, Nicolas.

— Oui, dit Barbara. C'est net : il y a un bruit.
Nicolas se lève, regarde au loin.

— Ce n'est pas fort, dit José, les yeux mi-clos.

— On n'entend que ça, dit Barbara.

— Il sait que tu as une oreille bouchée ? lui demande José.

— Tu as vu comment est le pays ? dit la jeune femme à Nicolas. Ces gens ont bien le droit de faire des travaux.

— Ils n'ont qu'à les faire en hiver, dit Nicolas. Pâques, merde, c'est quand même la résurrection du Christ.

— La résurrection de qui ? demande José sur un ton facétieux qui décuple l'exaspération de l'étudiant.

— Ils les font aussi en hiver, dit Barbara. La Grèce est dans un tel état de sous-développement qu'elle a besoin de mettre les bouchées doubles si elle ne veut pas rester la lanterne rouge des pays de la CEE.

— Je me fous de la CEE et de ses lanternes rouges, dit Nicolas. Je paie pour bronzer tranquille : je veux bronzer tranquille.

— Mais ce n'est pas toi qui paies.

— Pas toi non plus.

— Les enfants, dit José. Un peu de tact.

Le bruit cesse. Espoir douloureux. Le bruit reprend. José se lève, s'arrachant non sans peine aux doigts de Barbara. Il regarde de tous côtés.

— Ils font une route, dit-il. On en a pour un moment.

— Une route ? s'étonne Barbara.

Nicolas est excédé :

— Je me tape trois mille bornes pour venir en Grèce. Je visite une demi-douzaine d'îles. Je trouve un coin de rêve. Vlan, ils me font une route.

Le bruit augmente.

— Tu entends ça ? dit l'étudiant à Barbara.

— Calme-toi, lui dit José. Un peu de philosophie.

— C'est dans des moments pareils qu'on se dit que Dieu n'existe pas, dit Nicolas.

— Il y a aussi le jour où on apprend qu'on a un cancer, dit José. Mais le jour où on apprend qu'on a guéri, on se dit le contraire.

Le bruit cesse, puis recommence. Nicolas, avec une rage qui vient de plus loin que le bruit de la construction d'une route :

— Non seulement Il n'existe pas, mais en plus, c'est un sadique.

À Barbara :

— Ça ne te gêne pas, toi ?

— Rien ne me gêne. Je suis une nihiliste.

— Tu ne sais pas ce que c'est, le nihilisme. J'en ai assez que vous fassiez toute la journée ce que vous croyez être de la philosophie, sous votre paillote, en buvant des oranges pressées et en mangeant des yaourts grecs.

— Les meilleurs du monde, dit José.

— La philosophie n'est pas du bavardage, c'est une science.

— Qu'est-ce que tu en sais ? demande Barbara avec une colère feutrée d'étudiante voulant se faire aussi grosse que le prof.

— J'en ai fait pendant deux ans en prépa, avant Sciences-Po. Deux ans, pas quinze jours.

— Une science basée sur quoi ?

— Sur une connaissance.

— La connaissance de quoi, puisqu'on ne peut rien savoir avec certitude ?

— Ça suffit, Barbara.

— Tu es nul comme prof. Au lit, quand il y a eu un truc que tu ne savais pas faire et que tu m'as demandé de te l'expliquer, je ne t'ai pas dit : « Ça suffit. »

— Quel truc ? interroge José.

— Aucune importance, dit Nicolas.

— Au lit, il n'y a pas cinquante trucs.

— C'était un petit truc, dit Nicolas.

— Et il fallait te l'expliquer, dit Barbara.

— Oui.

— Ça ne devait pas être si petit que ça, dit José.

— Écoute, José…

— Il a voulu me sodomiser sans me préparer l'anus, dit Barbara.

— Le sexe aussi est une science, dit José. Une science basée sur la connaissance du corps humain.

— Alors, dit Nicolas, Barbara est une scientifique.

— Tu me prends pour quoi ? demande la jeune femme. La pute d'un vieux Juif ?

— Sur le strict plan religieux, dit José, je ne suis pas juif. Je vous l'ai déjà dit : ma mère est goy. Une Lorraine, comme cette pucelle de Jeanne d'Arc. Avant d'épouser mon père, elle s'appelait Kieffer. Après la défaite de 1870, mon arrière-grand-père maternel, qui ne voulait pas devenir allemand…

— N'empêche que sans l'Allemagne, l'Europe…, dit Barbara.

— Toi et ton Europe.

— L'avenir me donnera raison.

— Mon arrière-grand-père a fait le trajet Strasbourg-Paris à pied, continue le boutiquier. Vous voyez, mes enfants, comme l'antigermanisme est ancré en moi. Nicolas…

José pose une main sur l'épaule du jeune homme.

— Je te présente mes excuses.

— Non. C'est moi. J'ai baisé Barbara en dehors du délai prévu, mais c'est elle qui a demandé.

— Tu ne m'as jamais imposé la vision de tes parties intimes qui, si j'en crois mon bébé, sont charmantes. Tu ne m'as pas obligé à monter sur une planche à voile. Tu ne m'as pas trompé sur les horaires de bus pour Mykonos. Enfin, tu ne m'as pas mené en bateau pendant deux jours. Nous, on t'a mené en bateau pendant deux jours.

— Un gros bateau, dit Barbara. Un ferry. Un paquebot Costa. Le *Clemenceau*.

— On voulait te garder auprès de nous, dit José.

— Dans un but précis, dit Barbara.

— Pas malveillant.

— On cherche quelqu'un pour moi.

En disant cette phrase Barbara n'a pas baissé les yeux. C'est normal : elle ne les baisse jamais. Elle regarde les gens en face, comme les bébés. José ne l'a-t-il pas appelée, quelques minutes plus tôt, son bébé ?

José se lève, prend une cigarette dans le paquet de Nicolas.

— Tu fumes ? demande l'étudiant.

— Non. Mais pour ce que j'ai à te dire, oui.

— José, dit Barbara.

— Pour ce que j'ai à lui dire.

— Non.

Il rend la cigarette au jeune homme.

— Tu vois comme je suis obéissant. Mais seulement avec elle. N'essaie pas de me donner un ordre.

— Ça ne me viendrait pas à l'esprit.

— Tu as pensé que je te prêtais Barbara. C'est faux : je te la donne.

Prêter un être humain, le donner : il se croit dans une boutique de fringues, pense l'étudiant. Mais il y a dans ce langage une transgression délicate, comme dans la prostitution quand elle est bien faite : le client admiratif de la pute, celle-ci accomplissant son travail avec bonne volonté. Nicolas se demande ce qui se passe et, allant au-devant de sa question, José dit :

— Je suis malade. Je vais mourir.

— Ton cancer ?

— Guéri, je t'ai dit. Non, c'est un truc au cerveau. Plus grave.

Phrases sur terre auxquelles il est le plus difficile de répondre ou plutôt de répliquer car ce ne sont pas des questions. Nicolas choisit le mode le plus commun, par paresse et timidité : la dénégation chaleureuse.

— Tu es en pleine forme. Au windsurf, tu laisses les Schleus…

— Les Allemands, rectifie José, avec un regard en coulisse vers Barbara qui sourit avec une indulgence d'institutrice pour les progrès lents mais néanmoins réguliers de son élève.

— … sur place. Tu as dix fois plus d'énergie que moi.

— Je suis malade et je vais mourir.

Mentir sur un sujet pareil et dans quel but ? Nicolas admet *in petto* que José dit la vérité, avec cette nuance : José ne dit peut-être jamais la vérité. Regarder quelqu'un dans les yeux ne sert à rien, tous les policiers le disent. La première chose que les menteurs travaillent c'est leur regard. Pour savoir si quelqu'un ment, il faut lui tourner autour, guetter ses gestes, ses frémissements. La sueur dans son cou. La rougeur d'une oreille. Mais Nicolas n'est pas policier, il regarde dans les yeux de José où il ne voit rien. Il demande d'une voix qu'il module comme on a l'habitude de le faire après l'annonce, par un de nos proches, qu'il souffre d'une maladie incurable :

— Qu'est-ce que tu as ?

— Une tumeur au cerveau. Grosse comme un abricot. Du coup, je n'arrive plus à en avaler un. Bientôt, je vais perdre la mémoire. Après, je ne pourrai plus m'habiller seul, me déplacer seul.

Barbara se bouche les oreilles. Nicolas s'amuserait de ce geste enfantin s'il n'était accompagné de larmes, des larmes lentes et silencieuses qui coulent sur ses joues de petite fille. Les joues d'une femme sur lesquelles coulent des larmes se transforment en joues de petite fille. José, avec lenteur, prend les deux mains de la jeune femme et les éloigne de ses oreilles si élégantes. Combien de personnes sur terre ont-elles de jolies oreilles ? se demande Nicolas. Aristocratie plus exclusive que celle du Bottin mondain.

— La dernière chose que je dois réussir, Barbara, c'est ton bonheur. Les filles comme toi, vous êtes la lumière du monde. Sans vous, la terre serait une prison. Il faut vous protéger de tous les gens qui ont une bonne raison de vous détruire : vos vieilles mères, nos vieilles épouses, les hommes qui ne vous ont pas et ceux qui ne vous ont plus.

Nicolas regarde l'un après l'autre cet homme et cette femme qu'il n'a pas quittés depuis quarante-huit heures. Il a l'impression qu'ils jouent avec lui un jeu dont ils changent les règles toutes les heures dans un but qu'il est incapable d'imaginer. Peut-être sans but.

— Tu ne vas pas mourir, dit-il à José. C'est encore une de vos blagues.

— On ne blague plus, dit José.

— Donne-moi une preuve.

— Ouvre-moi la tête.

— Je n'ai pas de couteau.

— Demande aux Allemands, ils ont un Opinel.

— On ne demande rien aux Allemands, dit Barbara.

— Nicolas, veux-tu t'occuper d'elle après ma mort ?

— Je peux voir une radio avant de prendre une décision ?

— Tu crois que je te laisserais une femme pareille si je n'étais pas condamné ?

— Les médecins se gourent tout le temps.

— J'en ai vu trois.

— Dont un à Vegas, dit Barbara.

— A une table de craps ?

José clappe de la langue, comme s'il avait la bouche sèche. Ça arrive, quand on est trop ému, de perdre toute sa salive. On a alors la langue qui se colle au palais et l'intérieur des joues qui se plaque aux dents. Nicolas, une fois de plus, se rend. Sa relation avec le couple de Cap Kalafatis : une suite de redditions. Il se demande quelle sera sa reddition finale. Il dit, avec cette mauvaise grâce des vaincus :

— Ça veut dire quoi, s'occuper de Barbara après ta mort ?

— Elle aura de l'argent.

— Alors elle sera libre de se mettre avec qui elle voudra.

— Tu ne comprends pas : elle n'est pas libre.

— Elle est sous contrôle judiciaire ?

— Je suis à José pour toujours, dit Barbara.

— Toujours, dit José. Cela signifie avant et après ma mort.

De nouveau, Nicolas ne les croit plus et le manifeste par un sourire qu'il voudrait ironique, allusif, méprisant, compréhensif et qui n'est, il le sent, que pauvre. Ses armes – la culture, l'esprit, le loisir – lui paraissent sans consistance en face du couple compact que forment José et Barbara dans leur malheur. Ou leur jeu. Ou leur crime.

— Dans ce cas-là, dit-il à la jeune femme, reste seule.

— On y a pensé, dit José, mais ça ne serait pas bon pour elle.

— Plus rien ne sera bon pour elle.

Silence entrecoupé de bruits de marteaux-piqueurs. Nicolas a l'impression que c'est dans sa tête qu'on fait une route. José l'ingénieur, Barbara la manœuvre. Ou l'inverse.

— Tu refuses ? demande José.

— Refuser quoi ? Je n'ai rien compris à ce que tu as dit.

— On passe un pacte. Un pacte entre nous. Nous trois. Tu jures de veiller toute ta vie sur Barbara. C'est une espèce de mariage. Un mariage à trois, dont un mort. Accepte, j'en ai assez de chercher et je suis sûr que c'est toi. Qu'est-ce que tu me dis ?

— Quelle importance, ce qu'on te dit ?

— C'est oui ?

— Oui à quoi ?

— Nicolas, fais un effort.

— Alors, c'est oui. Il ne sera pas dit qu'un Breton a reculé devant l'effort.

— Tu es breton ?

— Par ma mère.

— Et ton père ?

— Il est écrivain. Ces gens-là n'ont pas de patrie.

— Et Faulkner ? fait Barbara de sa petite voix nasale de sotte inculte ni sotte ni inculte.

Elle mérite qu'il l'épouse, même à trois.

— Il n'avait pas de patrie. Il avait un comté.

La plage est orange comme une orange. Puis le bleu de la nuit tombe sur le sable. José et Nicolas, assis, portent un smoking. Ils ont emprunté à l'hôtel un seau à champagne dans lequel il y a une bouteille de Dom Pérignon presque vide. D'une grosse music machine comme il n'y en a plus en 2016, la plupart des objets s'étant fait petits, sort une musique rock de 1991 dont José bat la mesure. Dans une robe du soir en lamé argent qui semble avoir été cousue sur elle – est-ce le cas ? –, Barbara danse.

— Tu ne danses pas ? demande José à Nicolas.

— Non.

— Pourquoi ?

— Je ne sais pas danser.

— Personne ne sait danser, sauf les danseurs.

— Barbara danse bien.

— Elle bouge bien, c'est différent.

— Moi, je ne bouge pas bien.

— C'est dommage, parce que tu devras le faire tous les soirs. Barbara est une accro à la danse. Avec moi, elle a été privée. Avec toi, elle a l'intention de se rattraper. Allez ! Allez !

Il lui refait le coup de la planche à voile. Nicolas se lève, rejoint Barbara, se dandine devant elle. Qui le regarde, puis regarde ailleurs. Comment se fait-il que certains êtres lourds soient légers quand ils dansent et inversement ? Le fin Nicolas, dès qu'il tente de remuer sur un air de musique, semble avoir des pierres ou même des pavés au fond des poches. José l'encourage, bat des mains. Il se ressert du champagne. Barbara revient s'asseoir à côté de lui. Nicolas continue de manifester son ridicule, presque abject, manque de grâce. Puis il s'immobilise, enfonce les mains dans les poches du smoking et marche vers la mer qui ne le regardera pas.

— Heureuse ? demande José à Barbara.

— Non.

— Il faut, pourtant. C'est le soir de ton mariage.

— C'est un soir banal.

— Banal ?

— Une bonne soirée. Une soirée où on s'amuse.

Ses grands yeux pleins d'une tendresse liquide glissent sur lui comme une pluie d'automne.

— On s'amuse, non ? insiste-t-elle.

— Toi, je ne sais pas. Moi, énormément.

— Ah oui ? Pourquoi ?

Tous deux observent Nicolas qui marche au bord de l'eau comme un homme sans passé et sans avenir, dans l'extrême solitude du présent.

— C'est comme ça quand on a conclu une affaire, dit José. Après, on est bien. On est détendu.

— C'est moi, l'affaire ? grince Barbara.

— Non : c'est moi.

Il appelle :

— Nicolas !

— Quoi ?

— Viens.

— Non. Je me balade.

— Te balader où ? On est des vacanciers, pas des randonneurs.

L'étudiant fait, une fois de plus, demi-tour. En espérant que le vent, la mer et la nuit ont effacé de sa silhouette le ridicule de sa danse.

— C'est l'heure, dit José.

— De quoi?

— Il demande de quoi c'est l'heure. Approche, mon garçon. Que je vous marie.

José se lève, tend la main à Barbara qui la saisit avec réticence. La voilà debout elle aussi, dépassant de quelques centimètres la crinière poivre et sel du boutiquier.

— Tu as été ordonné prêtre pendant le dîner? demande Nicolas à José. Ou rabbin peut-être?

— Évite les blagues antisémites le jour de ton mariage juif.

— Barbara est juive?

— Oui.

— Ça change tout. Ma mère est ultra catho. Si j'épouse une juive, elle me tuera, surtout si ma fiancée n'est plus vierge.

— Arrête tes conneries, grogne José. Il est temps que je vous marie.

— Si ça vous fait plaisir…

— Ça me fait plaisir.

— Content d'apprendre qu'il y en a au moins à qui ça fait plaisir.

— Ça ne te fait pas plaisir, à toi?

— Ce qui ne me fait pas plaisir, c'est de voir la tête que fait Barbara.

— Je fais quelle tête? demande la jeune femme.

— Une tête d'enterrement.

— Elle a raison, dit José. C'est un enterrement aussi. En place, les enfants. Vous vous mettez côte à côte, voilà.

— Où sont les témoins? demande la future mariée.

Elle a un demi-rire bizarre, dont on sent qu'il pourrait d'une seconde à l'autre virer aux larmes.

— Tu ne vois pas, dit José, que c'est un mariage sans témoin?

— Il ne sera pas valable, dit Nicolas.

— Rien n'est valable.

— Si on arrêtait cette comédie? propose l'étudiant.

— Ce n'est pas une comédie, mais une cérémonie. Une cérémonie pas valable mais une cérémonie quand même. Veux-tu prendre Barbara pour épouse?

— Faut demander à la fille d'abord, dit Barbara.

— Tu crois?

— Oui, ça porte un nom, ça s'appelle la galanterie.

José interroge Nicolas du regard.

— Moi, dit l'étudiant, je n'en sais rien : c'est la première fois que je me marie.

— Toi, dit Barbara à José, tu es déjà marié.

— Oui, mais…

— Tu ne te souviens plus ?

— Qui de ma femme ou de moi a dit oui le premier ? Non.

Nicolas :

— De toute façon…

— De toute façon quoi ? s'écrie José, impatienté, comme tous les meneurs d'hommes, par la perplexité et le défaitisme d'un soldat.

— On ne va pas s'emmerder avec le protocole. On n'a même pas publié les bans. On n'a pas d'alliances.

— Vous avez des alliances, dit José.

De la poche de son pantalon de smoking, il sort un écrin et l'ouvre : à l'intérieur, deux alliances.

— Tu les as achetées quand ?

— Ce matin, pendant que tu essayais ton smoking. Il est bien son smoking, hein, Barbara ?

La jeune femme fait une moue qui ne signifie pas grand-chose mais dans laquelle Nicolas croit déchiffrer un oui amusé et en même temps indifférent.

— J'ai pris le plus cher, dit José. Ça compte dans une vie, le premier smoking. Il y a des gens qui n'ont pas porté de smoking de toute leur vie. Par exemple : mon père.

— Qu'aurait-il fait d'un smoking à Constantine ? remarque Barbara.

— Il y en avait un moins cher qui était bien aussi, dit Nicolas.

— Il ne pouvait pas être aussi bien, puisqu'il était moins cher. Ce qui est cher est mieux que ce qui est bon marché. Si ce qui est bon marché était bien, qu'est-ce qui empêcherait le fabricant de le vendre cher ? Ce qui empêche un fabricant de vendre cher un produit, c'est sa mauvaise qualité.

Vers Barbara :

— Ce n'est pas de la philo, ça, peut-être ? Ce matin, à Mykonos, Nicolas m'a dit que j'étais un sophiste.

— Ce n'est pas si mal d'être un sophiste, dit Nicolas.

— Socrate les a ridiculisés oui ou non ? s'exclame José avec la fougue des débutants, la rage des néophytes.

— Ce n'est pas si mal d'avoir été ridiculisé par Socrate.

— Bon, dit Barbara. Ça vient ce mariage ? Sinon, je retourne en prépa.

— Elle y prend goût, dit José à Nicolas.

— Prend goût à quoi ?

— Au mariage.

— Il n'y a pas de mariage.

— Ne fais pas ton mauvais esprit.

— L'esprit est toujours mauvais. Quand il devient bon, ce n'est plus de l'esprit. C'est de la merde.

— C'est de Socrate ? demande Barbara à l'étudiant.

— Non : de moi.

— Barbara, dit José, tu n'épouses pas n'importe qui.

— Si, justement : n'importe qui.

— Je commence par toi. Ma chérie, veux-tu prendre Nicolas pour époux ?

— Non. C'est avec toi que je veux me marier, José Benguigui.

— Je précise, dit Nicolas, avec un fort hoche-
ment de tête, que je n'ai rien contre.

— On ne se marie pas avec les morts, dit José
d'une voix douce, presque enfantine, car devant
la mort nous devenons des enfants attendant leur
mauvaise note qui sera suivie de leur renvoi.

Barbara plaque les mains sur son visage, secoue
la tête : ses cheveux blonds font un voile sur ses
yeux. Elle murmure :

— Pourquoi t'es malade ?

— On reprend, dit José. Barbara…

— Oui. Oui. Oui ! C'est ce que tu veux
entendre ? Tu es content ? Je suis casée, tu n'as plus
de souci à te faire. Peut-être que ça ne te suffit pas.
Tu veux plus ? Tu veux quoi ? Que Nicolas et moi
on fasse l'amour devant toi, pour que tu sois sûr
qu'entre lui et moi ça colle au niveau cul ?

— Ce point a déjà été éclairci, non ?

— Peut-être qu'on t'a menti. Nicolas, désha-
bille-toi !

— Hors de question.

— Fais ce que je te dis, connard !

— Comment elle me parle, elle ? Et on n'est pas
encore mariés.

— Pourquoi gâches-tu cette soirée ? se plaint
José à la jeune femme. C'est ma soirée.

Silence. Du coup, on entend la mer : chucho-
tements endormis des vaguelettes.

— Je te demande pardon, dit Barbara.

— Je recommence. Veux-tu prendre Nicolas pour
époux ?

— Oui.

— Tu promets d'être gentille avec lui ?

— Non. Ça, je ne peux pas. Avant toi, j'étais
méchante avec tout le monde. Après toi, je serai
méchante avec tout le monde. Même avec lui. Ma
gentillesse, je l'avais gardée pour toi et je te l'ai don-
née tout entière. Je n'en ai plus.

— Promets-moi de faire un effort.

— OK.

— Dans un mariage, on ne dit pas OK.

— Surtout dans un mariage traditionnel comme
le nôtre, ironise Nicolas.

— On dit oui, continue José.

— Oui, dit Barbara.

— Tu veilleras à ce que ses affaires soient
propres ?

— C'est un mariage ou un contrat de travail pour une femme de ménage?

— L'amour, c'est ça. Le matin, tu te lèves, tu ouvres ton armoire et qu'est-ce que tu vois? Tes affaires propres et bien rangées. Là, tu te rends compte que tu as une femme et qu'elle t'aime. Le célibataire, il ouvre son armoire, et qu'est-ce qu'il voit? Un bordel de fringues sales. Alors il sait qu'il n'a pas de femme et que personne ne l'aime.

— Ce n'est pas mal avec toi les mariages, dit Nicolas. On apprend plein de trucs.

— Barbara... tu vas l'aimer.

— Ouais, José.

— Pas ouais.

— Oui, José.

— Pas José.

— Oui.

— Si tu ne l'aimes pas, tu ne seras pas heureuse, et moi je ne veux pas que tu ne sois pas heureuse.

— Je l'aimerai. Je te jure. Je ne sais pas comment je vais faire. Ni le temps que ça prendra. Mais je te jure que je finirai par l'aimer.

— Bien. Nicolas, veux-tu prendre Barbara pour épouse?

Ulcéré par ces discours aussi obscurs que far-felus, excédé par le personnage grotesque qu'on l'oblige à jouer – pour combien de temps ? –, l'étudiant répond, sur un ton persifleur :

— Avec plaisir.

— Dans un mariage, on ne dit pas « avec plaisir ».

Barbara et Nicolas se regardent, complices et moqueurs. José explose :

— Vous faites chier, tous les deux ! Vous ne pourriez pas prendre *une* chose au sérieux ? C'est le mariage de la fille que j'aime et de toi que...

— Que quoi ? demande Nicolas, intéressé.

— Que j'aime aussi. Tu crois que je te laisserais Barbara, sinon ? Allez, tu dis oui et puis c'est tout.

— Oui.

— Je vous déclare unis par les liens sacrés du mariage. Vous vous embrassez.

Nicolas et Barbara ne font pas un mouvement l'un vers l'autre. Ils se regardent mais n'ont plus envie de rire. Enfin, leurs visages se rapprochent et ils s'embrassent avec une douceur juvénile, estudiantine. Puis, Barbara attire Nicolas contre elle et lui roule un énorme patin de film porno. José appose une main sur l'épaule de chacun des mariés. Il ouvre l'écrin dans lequel il y a les alliances et met celles-ci aux doigts de Nicolas et Barbara.

— J'espère que vous serez heureux et que vous vous aimerez toujours. Maintenant, l'enterrement.

Il s'assoit et se sert du champagne, vidant la bouteille.

— Vous me creusez un trou, dit-il après avoir bu une gorgée. Pas trop profond.

— José, murmure Barbara.

— C'est ma soirée.

— Ce n'est pas drôle, dit Nicolas.

— C'est une soirée tragi-comique, dit José. On a eu le comique. Maintenant, c'est le tour du tragique. Allez, creusez, moi je regarde. Les morts ont droit à quelques privilèges et le premier d'entre eux est de ne pas avoir à creuser leur tombe.

— On n'a pas de pelle, dit Nicolas.

José retire la bouteille du seau et lance celui-ci à Nicolas. Ce dernier l'examine avec attention, puis, impassible, commence à creuser.

— Pourquoi tu creuses ? demande Barbara.

— Je ne sais pas, dit l'étudiant.

— Arrête.

Il arrête. José lui reprend le seau et creuse à son tour.

— Arrête toi aussi, dit Barbara.

— Non.

Que fait ce gros homme sur la plage de Kalafatis en tenue de véliplanchiste au milieu de la nuit ?
Il a une planche à voile auprès de lui, c'est sans
doute parce qu'il va monter dessus. Mais personne
ne s'aventure en mer sur une planche à voile dans
l'obscurité, pour la raison que les planches à voile
n'ont pas de phares. Une planche avec phare : une
idée pour le prochain concours Lépine à la porte
de Versailles, pense Nicolas qui, un pull-over sur
les épaules, s'approche de Benguigui.

— Le soir, dit le véliplanchiste, tu mets toujours
un pull sur les épaules.

— Tu veux que je le mette où ? Sous les épaules ?

Nicolas met le pull sous les épaules et attache les
manches sur sa poitrine :

— Tu trouves ça plus joli ?

— La spécialiste de la mode, c'est Barbara.

— Tu n'avais pas des boutiques de fringues, autrefois ?

— Comme tu dis : autrefois.

Nicolas remet le pull sur ses épaules. José a fini de monter la voile et la fait claquer dans la brise nocturne.

— Du windsurf en pleine nuit, ce n'est pas professionnel, dit Nicolas.

— Oh, Jenna de Rosnay, du calme.

— Attends au moins qu'il fasse jour.

— J'aime la nuit.

— Il n'y a aucune surveillance, là. Une erreur et tu es mort.

— Je suis mort. Il faut qu'on en parle ?

— Peut-être ai-je droit à quelques explications ?

— Les étudiants, vous êtes trop cons.

— Pas si cons. J'ai compris que tu veux te noyer.

— Pour ça que tu es sorti du lit ?

— Je n'y étais pas entré. La nuit de noces, c'était hier, après ton enterrement. Aujourd'hui, c'était Spinoza pour Barbara et Aron pour moi.

— Le couple.

— Et puis je t'ai vu passer avec ta planche. Un type de ton âge et de ton poids qui va faire de la planche à voile au milieu de la nuit… L'assurance ne pourra pas prouver son suicide et Barbara touchera les trois millions de la prime.

Soupir agacé du quinquagénaire :

— Je lui avais dit de ne pas t'en parler.

— Elle est bizarre, Barbara. Tu as remarqué, non ?

— Chez Barbara, j'ai tout remarqué. Tout. Depuis quatre ans, je ne fais que ça. Du coup, je n'ai pas vu que j'avais claqué tout mon pognon avec elle. Pourtant, elle ne m'a jamais demandé un sou. Faisait toujours la tête quand je lui offrais un collier ou un tailleur. Méfie-toi des filles qui refusent ton argent : elles te ruineront.

— Tu n'as plus de blé ?

— Ce n'est pas le problème. Si je voulais, je retournerais la situation en un mois. Mettons six. Suffirait que je remette les pieds à Paris, que je me fasse voir, que je reconstitue mes réserves. Je manque aux gens quand je ne suis pas avec eux, tu sais. Je vous manquerai, à Barbara et à toi. À Paris, ils disaient que je les étouffais, et certains prétendaient que je les égorgeais. Mais depuis que je leur ai faussé compagnie, ils s'ennuient. Ils se tâtent le cou le matin et pensent tristement : pas encore aujourd'hui que Benguigui viendra le serrer.

— Rentre à Paris.

— Pas envie.

— Et Barbara ?

— Barbara a envie de ce dont j'ai envie.

— Tu es sûr ?

— Si elle a eu envie de coucher avec toi, c'est parce que j'avais envie qu'elle ait envie de coucher avec toi. On ne dirait pas un peu une phrase de Sartre ?

— Le côté existentialiste, peut-être.

— Quel mec, celui-là. On s'assoit ? Je suis fatigué.

— Ta tête ?

— Non : mes jambes.

Ils s'assoient. Nicolas prend une Marlboro – il vient de se souvenir, en 2016, que c'était alors sa marque de cigarettes – dans son paquet, en propose une à José qui refuse : une de ses dernières preuves d'obéissance, et donc d'amour, à Barbara absente.

— À Paris, reprend José, il y a un morceau de ma vie sur chaque trottoir. J'ai l'impression de marcher dans une boucherie géante. On a quitté la capitale, Barbara et moi, pour vivre quelque chose de neuf, de pur.

— De quoi ?

— Je persiste : de pur. Si on ne s'était pas débinés comme on l'a fait, on n'aurait jamais été heureux comme on l'a été. On a été merveilleusement heureux. Personne ne nous a rattrapés.

— Sauf la maladie.

— Quelle maladie ?

Nicolas se tapote le crâne :

— Ce que tu m'as dit hier… Le truc au cerveau.

José sourit.

— Tu as cru à ça ?

— Je crois ce qu'on me dit.

— Elle va être belle, la politique française, avec des mecs comme toi qui croient ce qu'on leur dit.

En effet, songe Nicolas, aujourd'hui chef de cabinet d'un ministre régalien. Marié à une préfète.

— Ce n'était pas vrai ?

Le véliplanchiste fait non de la tête.

119

— Je ne suis pas malade du cerveau. Ni d'ailleurs. Depuis la guérison de mon cancer, je n'ai jamais été en aussi bonne santé.

— Je n'imaginais pas que tu plaisanterais sur un sujet pareil. Même toi.

— Je ne plaisantais pas. Barbara croit que je suis malade et il est important pour moi qu'elle continue de le croire, même quand je serai mort.

— Alors c'est quoi ce cirque ?

— Le cirque Benguigui.

— Tu te tues pour faire la fortune de la fille qui t'a ruiné ? Hyper tordu comme raisonnement, même pour un Juif.

— Qu'est-ce qu'ils ont les raisonnements des Juifs ?

— Si j'en juge par les tiens, ils ont un truc qui ne tourne pas rond. José, on ne se tue pas parce qu'on est pauvre.

— C'est parce qu'on est pauvre qu'on se tue.

— Dans ce cas-là, la moitié de la planète se suiciderait.

— Ce qui est dur, ce n'est pas d'être pauvre, c'est d'avoir été riche, et la moitié de la planète n'a jamais été riche.

— Reprends tes affaires en main. Barbara et moi, on t'aidera.

— Deux lézards réussissant dans le business, ça ne s'est jamais vu.

— Ne meurs pas, José.

— C'est la seule occupation utile qui me reste.

Nicolas a mis une main sur l'épaule du véliplanchiste, qui la tapote distraitement.

— Après ce que j'ai vécu avec Barbara, recommencer comme avant ? Non. Je ne peux pas. Sais-tu ce que ça signifie d'être aimé par une fille comme Barbara ?

— Non. Avec moi, elle passe son temps à lire.

— Elle ne fait pas que lire.

— Non.

— Que fait-elle d'autre ?

— Tu le sais bien.

— Que fait-elle d'autre avec toi ?

— La même chose qu'avec toi, en moins bien.

— Avec moi aussi, elle lit.

— Elle devrait vraiment reprendre ses études.

— Barbara, elle sait aimer. Elle sait si bien aimer que ça te dégoûte du reste, pour toujours. C'est à ce moment-là que tu décides de mourir.

— Quand tu seras mort, elle ne pourra plus t'aimer.

— J'ai eu quatre ans de bonheur.

— Comme Hitler.

— Hein ? Qu'est-ce que tu dis ? Ne plaisante pas avec ça. La prochaine fois, c'est mon poing dans la gueule.

— Il n'y aura pas de prochaine fois.

— Promets-moi qu'après ma mort tu ne feras plus de blagues sur Hitler. La réunification de l'Allemagne, ça me fait peur. Ils auraient pu demander l'avis des Juifs, non ? Barbara, ça ne la gêne pas, au contraire. Elle trouve ça bien. Elle est un peu facho, Barbara, hein ? J'espère que tu changeras ça. Allez, je te la laisse. Je raccroche les gants. Maintenant, ce serait moins bien. Ça pourrait même devenir moche. J'ai aimé une femme comme ça, en ai été aimé. J'ai rempli mon contrat. Maintenant, j'écris le mot fin. À Cap Kalafatis.

Avec tendresse, Nicolas dit :

— Pauvre con.

José, avec un sourire noir sorti de sa mort proche, rectifie :

— Vieux con. Va-t'en maintenant.

Ils se sont levés en même temps, mais Nicolas ne part pas, comme d'habitude.

— Je veux être seul, dit José. Pourquoi aurais-je peur ? Pourquoi est-ce que ce serait dur ? Tant de gens sont morts avant moi. Les philosophes : Socrate bien sûr, Épictète, Démocrite.

— Spinoza.

— Les grands hommes : César, Napoléon, Clemenceau.

— Ben Gourion.

— Les acteurs : Humphrey Bogart, Fernandel, Patrick Dewaere (lui, il est mort jeune). Tous ces gens-là sont morts et ils ne sont pas les seuls. C'est simple de mourir. Il ne faut pas serrer les dents, mais les desserrer.

— Ne meurs pas. Depuis que je te connais, j'ai enfin l'impression de vivre. Je ne sais pas si j'y arriverai seul.

— Avec Barbara, ce sera plus facile.

Existe-t-elle sans José ? se demande l'étudiant. Le boutiquier la portait, maintenant tout son poids sera sur Nicolas. Elle est lourde d'envies, de connaissances, de secrets. Il aimait la contempler – la convoiter – dans son cadre inventé, fabriqué par José. À présent, ce sera à lui de l'encadrer, alors qu'il est un tableau comme elle, pas un cadre.

— Barbara est comme moi, dit-il. Elle et moi, on ne respire pas, on halète. On ne rit pas, on ricane. On ne pense pas, on rêvasse. On ne regarde pas, on scrute. Le droit, on le tord. Le net, on le floute. Le solide, on l'effrite. Barbara et moi, on est maudits.

— Peut-être, mais qu'est-ce que vous êtes beaux.

— Si tu nous laisses tomber, je ne nous donne pas un mois pour nous effrayer, nous dégoûter, nous haïr et nous détruire. Dans l'ordre.

Dix-sept jours. Rupture à l'aéroport Atatürk d'Istanbul. Elle en larmes et libérée, lui sec et désespéré. Ne se sont plus jamais revus.

— Tu n'auras qu'à faire comme Platon, dit José.

— Qu'est-ce qu'il a fait avec Barbara, Platon ?

— Tu écriras des livres où tu raconteras ce que je te disais. J'aurais pu être un grand philosophe, si je n'avais pas été orienté par mon père vers la confection. Un grand philosophe juif, style Spinoza ou Marx. Non, pas Marx. Je leur aurais montré, à tous ces nouveaux petits sophistes bronzés et gominés qui s'exhibent à la télévision, ce qu'est la vraie pensée.

José s'approche de Nicolas pour l'embrasser. Le jeune homme se dérobe et demande :

— Qu'est-ce que je dis à Barbara ?

— Elle sait que c'est pour cette nuit.

— Elle sait que tu te fous en l'air ?

— Elle a compris que c'était la seule solution.

— La seule solution à trois cents briques.

— Ne pense pas du mal de Barbara.

Ils se serrent fort l'un contre l'autre et s'embrassent plusieurs fois, dont une sur la bouche.

— Le vent se lève, dit José. Le pote Poséidon se met de la partie. Tu me regardes ? Ta dernière leçon de planche à voile.

Nice, Costa da Caparica (Portugal), Paris
Janvier-mai 2016

Cet ouvrage a été imprimé par
GRAFICA VENETA
pour le compte des Éditions Grasset
en novembre 2016

Composition réalisée par Belle Page

Grasset s'engage pour
l'environnement en réduisant
l'empreinte carbone de ses livres.
Celle de cet exemplaire est de :
400 g éq. CO$_2$
PAPIER À BASE DE   Rendez-vous sur
FIBRES CERTIFIÉES www.grasset-durable.fr

N° d'édition : 19680
Dépôt légal : janvier 2017
Imprimé en Italie